Le Secret du Lac aux Oreilles

ISBN : 2-914088-32-9

5 rue Paul Vaillant-Couturier, F-94700 Maisons-Alfort
http://www.cadranbleu.com
Email : contact@cadranbleu.com

Éric SANSA

LE SECRET DU LAC AUX OREILLES

L'ODYSSÉE POLYNÉSIENNE
TOME I

ÉDITIONS DEGLIAME
■ GRAND FORMAT ■

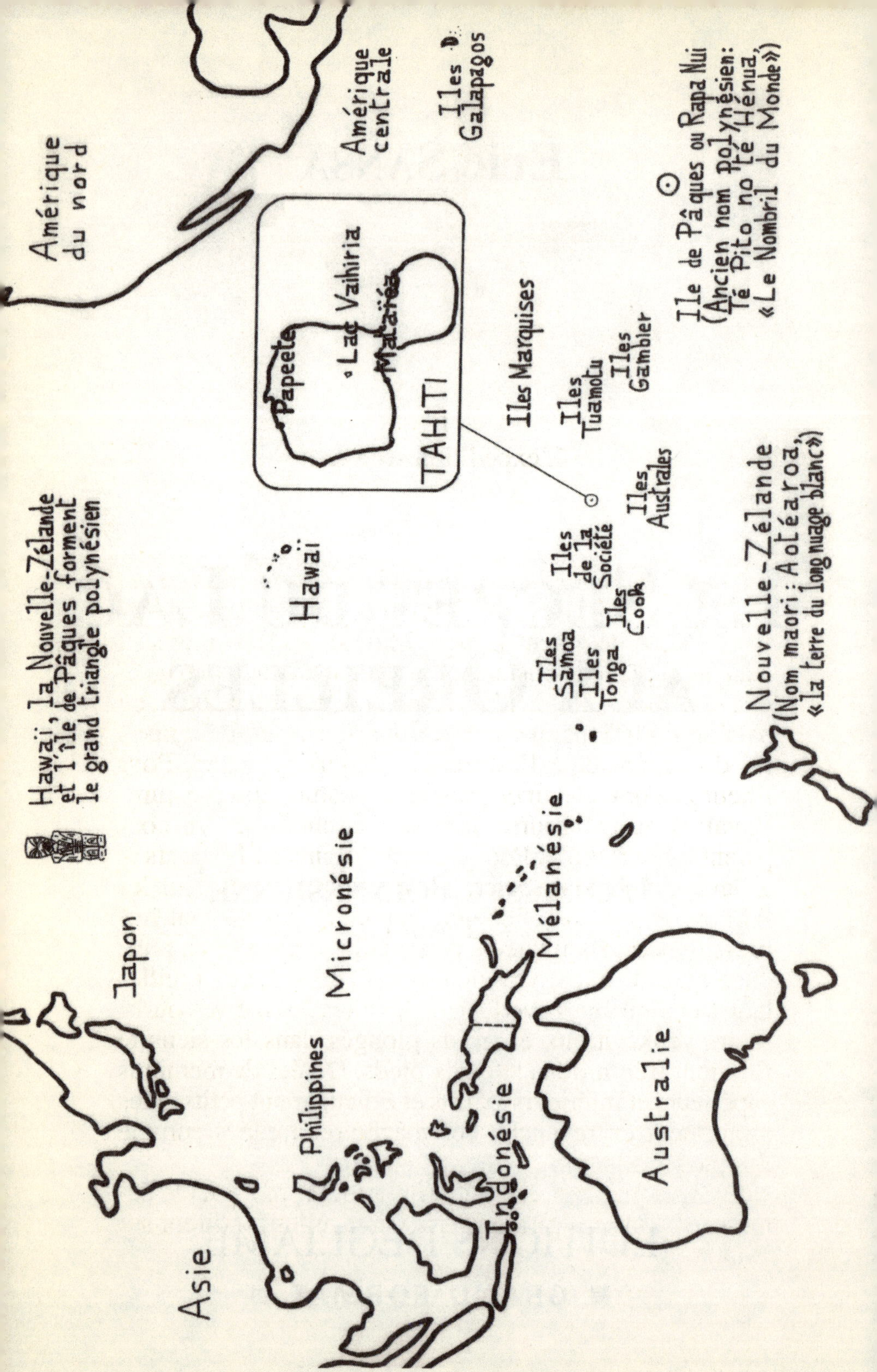

La Polynésie

1
L'expédition secrète

Comme la plupart des Polynésiens, Tana avait la peau brun clair et des yeux en amande légèrement bridés. Malgré ses douze ans, il était aussi grand et costaud qu'un jeune adulte. Un pagne, une dent de requin pendant à son cou, et ses cheveux, en bataille sur le haut du crâne, ras derrière et sur les tempes, lui donnaient déjà l'allure d'un guerrier maori. Pour l'heure, le brave était en mauvaise posture : les créatures l'avaient acculé contre une paroi rocheuse et lui coupaient toute retraite. Poings serrés, montrant les dents et grognant comme un fauve, il se jetait en avant pour les faire reculer. Mais elles ne semblaient pas du tout impressionnées. Bien que de petite taille, un mètre au plus, elles étaient, elles, vraiment terrifiantes. Leurs oreilles larges et tombantes évoquaient des ailes de chauve-souris. Leurs yeux vitreux et froids plongés dans les siens le faisaient frémir de la tête aux pieds. Dotées de membres supérieurs et inférieurs griffus et ridiculement petits, elles montraient en revanche des mâchoires taillées comme des pièges à loups.

Brusquement, elles ouvrirent toutes une gueule démesurée. Tels des piranhas à la curée, elles fondirent sur Tana.

« Allez-vous en ! hurla-t-il, le bermuda et le débardeur trempés de sueur. Non, non, je ne veux pas être mangé. Mamaaaan !

— Eh-oh, Tana ! dit une fillette en robe blanche et aux longs cheveux noirs. Réveille-toi ! C'est moi. C'est Lili. »

En proie à la panique, le garçon sursauta et heurta de la tête le lit superposé au sien.

« Ouille ! Mais qu'est-ce que c'est ? Qu'est-ce qui s'est passé ? Où on est, là ?

— Sur le bateau, évidemment ! Viens vite !

— Oh, Lili, balbutia Tana en découvrant sa sœur, je... je n'ai jamais été aussi content de te voir.

— Eh bien, moi, j'aurais aimé te voir plus tôt. C'est vrai, quoi, tu exagères, à la fin : je t'attends depuis dix minutes.

— Excuse-moi, je me suis assoupi. J'ai rêvé d'elles. Tu ne peux pas savoir comme c'était affreux. Elles m'avaient coincé contre un rocher... Elles voulaient me bouffer.

— Ouais, eh bien, ronchonna Lili en le tirant du lit par la main, pendant la sieste de Monsieur, moi, j'ai fait des recherches. »

Tana la suivit aussi docilement qu'un toutou derrière sa maîtresse.

« Faisons le moins de bruit possible ! » conseilla Lili, la première dans le couloir.

Sur la pointe de leurs pieds nus, leurs ombres étalées sur les cloisons en bois d'acajou, les deux enfants s'introduisirent dans la plus belle cabine du bateau.

En fait, la pièce devait sa beauté à son originalité. Des rideaux en tifaïfaï, patchwork de tissus tahitiens, cachaient les hublots et tamisaient la lumière du jour. Suspendue au plafond, une lampe tempête du XVIIIème siècle se balançait mollement d'un lit à baldaquin à une vieille malle au trésor. Telle une étoile filante, elle éclairait à chaque passage le pôle nord d'un globe terrestre encore plus ancien qu'elle. On eût dit la cabine d'un capitaine anglais voguant vers les Indes. Seul l'ordinateur à écran plat posé sur un plan de travail ramenait le visiteur au XXIème siècle.

« Han ! s'écria Tana. T'as allumé l'ordinateur des parents ?

— Bien sûr, bout d'nigaud ! confirma Lili, assise, le visage illuminé par l'écran. Ce qu'on cherche ne se trouve pas dans le magazine télé. »

Fixant la porte d'accès au cockpit du haut de son mètre soixante-dix, Tana retenait son souffle comme si sa vie était en jeu.

« Tu fais ta maligne, bredouilla-t-il, mais maman peut débarquer d'un moment à l'autre.

— Cela m'étonnerait : elle vient tout juste de commencer le nettoyage du pont. Et puis, quand on entre, la porte grince comme dans un château hanté. Ce sera notre signal d'alarme.

— Tu parles. Maman n'a que les trois mètres du coin cuisine à traverser. Franchement, je préférerais me trouver dans un château hanté avec les créatures de mon cauchemar que de la voir nous tomber dessus à l'improviste.

— Tana, la poule mouillée ! chantonna Lili en imitant la gestuelle d'un chef d'orchestre.

— Et toi, tu es aussi folle qu'une mouette. Tu sais que papa et maman nous ont IN-TER-DIT d'utiliser leur ordinateur. Nous avons chacun le nôtre dans la chambre : c'est suffisant, non ?

— Pas pour ce qu'on cherche ! affirma Lili, les yeux rivés sur l'écran. Tiens, regarde ce qu'a trouvé la mouette pendant que tu dormais !

— Fais voir ! fit Tana en se penchant par-dessus l'épaule de sa sœur. Ouah ! C'est intéressant. C'est vrai que tu te débrouilles plutôt bien… pour un volatile.

— Nom d'une murène !

— Quelque chose te gêne ? fit Tana, intrigué.

— Regarde : ils disent qu'elles ont totalement disparu du lac.

— Bah… Celui ou celle qui a écrit cette ânerie a dû faire son reportage depuis un avion et de nuit. Tu sais bien que les gens du coin voient fréquemment ces prétendues disparues. Tu me diras : après deux ou trois bières, ils voient aussi voler des vaches… »

Le visage de Lili s'illumina.

« Tu as raison : elles existent encore. Ouah, ces photos que je vais prendre !

— C'est vrai que cela nous fera un beau souvenir.

— Souvenir ? s'indigna Lili. Sache que je vais vendre mes clichés aux grands magazines de la vie sauvage et devenir le plus jeune chasseur d'images… Génial ! poursuivit-elle en faisant un tour complet sur son siège de bureau.

— Ouh la la, Lili, grand reporter ! se moqua Tana. J'ai vraiment de la chance de participer à cette expédition.

— Nous agirons pendant le déjeuner, dit Lili sur un ton autoritaire. Euh, non, à la fin du déjeuner : s'il y a un bon dessert, je ne veux pas le louper.

— Nous n'irons nulle part. Papa et maman ne voudront jamais. »

Lili regarda son frère avec des yeux de renard.

« On ne leur demandera pas la permission, grand dadais. Ils seront si occupés à discuter avec leur patron qu'ils ne s'apercevront même pas de notre petite escapade. »

Tana soupira.

« Oh, et puis ne fais pas cette tête-là ! ajouta sa sœur, agacée. S'il le faut, j'irai seule. »

Elle cliqua sur l'option « Fermer » du menu « Fichier »

et scruta fébrilement la cabine.

« Je n'ai pas du tout envie d'aller à ce lac, affirma Tana. Tu te rends compte qu'on va mentir à papa et maman ?

— Tu ne vas pas tout leur révéler ? » demanda Lili avec des yeux de chien battu.

Tana choisit de ne rien répondre.

« Bon, alors, qu'est-ce que tu décides ? s'énerva Lili.

— D'être ton complice, bien que cela ne m'enchante pas.

— Parfait !

— Oh, il n'y a pas de quoi être fier. J'ai horreur d'agir en douce. Non, vraiment, ce n'est pas b…

— Chut ! » murmura Lili en fronçant les sourcils.

La porte d'accès au cockpit venait de s'ouvrir. Des pieds nus sur lesquels ondulaient les pans d'un paréo à fleurs descendaient un petit escalier en bois laqué.

« Voilà maman ! » prévint Tana, cédant à la panique.

Raide comme un piquet, il distinguait à présent les pointes des longs cheveux de sa mère.

Mais cette dernière s'arrêta sur la dernière marche et tourna le dos. Ce petit contretemps permit à Lili et Tana de s'éclipser et de rejoindre leur chambre.

« Tu veux que je te monte quelque chose ? demanda leur mère.

— Une eau gazeuse ou un soda ! répondit une voix d'homme, dehors.

— Bien, mon capitaine ! Je vous amène ça tout de suite.

— Merci, Aline ! »

Saisissant un manuel scolaire au passage, Lili grimpa à l'échelle comme un écureuil et s'allongea sur son lit superposé.

Tana, pour sa part, prit un livre d'anglais traînant par terre et se jeta sur le lit du dessous.

La jeune et très jolie maman de Lili et Tana descendit la dernière marche. Comme eux, comme son mari, sur le pont, elle était de type polynésien. Ses yeux étaient un peu plus bridés, toutefois. En effet, si son père était tahitien, sa mère était l'enfant d'une Chinoise et d'un Français. Aline tenait de son aïeule la douceur et l'humilité des femmes d'Extrême-Orient. Malgré tout, Lili et Tana redoutaient l'implacable inspectrice des devoirs qu'elle pouvait devenir à tout moment de la journée.

Seule dans le coin cuisine, Aline jeta un œil ému sur le somptueux cadeau que son époux venait de lui faire : un collier de perles noires évoquant un oiseau aux ailes déployées. Avant d'ouvrir le petit réfrigérateur contenant vivres et boissons fraîches, elle décida d'aller rendre visite à ses enfants.

« Oh, deux élèves studieux ! s'exclama-t-elle en s'arrêtant à l'entrée de leur cabine.

— Coucou, maman ! » fit Lili, l'air innocent.

Un œil sur son livre, l'autre suivant sa mère, Tana se contenta de sourire.

L'air de rien, Aline inspectait la chambre.

D'abord, elle regarda les bureaux. Celui de Tana se situait à gauche en entrant. Pour s'y installer, il fallait tourner le dos à celui de Lili, disposé près des hublots. Aline fit un sourire attendri. Les Tigligli, des autocollants amusants, couvraient l'ordinateur de Tana. Mamzelle Hina, une poupée représentant une Tahitienne en tenue de danse folklorique, était assise, mains au clavier, sur la chaise de Lili.

Aline remarqua particulièrement les affiches sous les néons éclairant ses enfants. Celle de Tana, au titre évocateur de *Le Monstre de l'Île interdite*, montrait des gens poursuivis par une créature énorme et visqueuse. Celle de Lili, le poster d'un boys band très en vogue, rappela à Aline qu'elle avait, elle aussi, été une fillette se pâmant devant ses groupes favoris.

« Tana, puisque tu aimes les animaux, tu vas me montrer ton devoir de biologie, dit Aline sans prévenir. Quant à toi, Lili, ta passion pour les chanteurs américains doit te donner envie de bien apprendre l'anglais. »

Lili comprit qu'elle allait devoir sortir un devoir inachevé.

« Allez, exécution, tous les deux ! poursuivit Aline. Et si ce n'est pas fini ou si c'est bâclé, je vous promets que vous terminerez votre travail ici, sur le bateau. Vous aurez le temps jusqu'à notre re…

— Venez voir, hurla son mari. Venez voir, viiiiite ! »

Consciente qu'elle avait une chance d'échapper à la punition, Lili mit un pied sur la tête de Tana pour sauter de son lit. Bousculant sa mère au passage, elle sortit de la cabine et traversa le coin cuisine. Alors qu'elle gravissait l'escalier menant au cockpit, le bateau tangua et la déséquilibra. Puis elle entendit un bruit sourd : quelque chose frottait la coque.

« Que se passe-t-il, papa ? » demanda-t-elle en faisant irruption sur le pont, une main devant les yeux en guise de pare-soleil.

John Koki, deux mètres pour cent dix kilos, cheveux courts, mâchoire carrée, se tenait près du zodiac gris installé à l'arrière. Une main sur la rambarde de sécurité, il regardait quelque chose dans l'eau.

« Il faut que vous voyiez ça », dit-il, tout excité.

Talonnée par Aline et Tana, Lili le dévisagea, stupéfaite de le voir si exubérant, lui, le paisible, le sage de la famille.

Soudain, une gerbe d'eau éclaboussa John. Indifférent à son short et son tee-shirt trempés, il gloussait à l'avance de ce que sa famille allait découvrir.

Mais fallait-il vraiment se réjouir ? Une grosse

masse sombre, aussi longue que le catamaran, qui mesurait dix-huit mètres, bougeait sous l'eau bleu marine et momentanément plate du grand océan.

« Une baleine ! s'écria Lili.

— Non, un requin ! rectifia son père. Un requin baleine tout à fait inoffensif ! »

La fillette remarqua des taches blanches sur le dos sombre du grand squale.

« C'est la première fois de ma vie que j'en vois un, dit-elle, à la fois amusée et impressionnée.

— Moi aussi ! confia Tana. Nous sommes pourtant nés en Polynésie, Lili et moi, nous y avons toujours vécu. Pourquoi n'avons-nous jamais rencontré cette… euh… cette variété ?

— Parce qu'ils se font rares, répondit John. On dit même qu'ils sont en voie d'extinction. »

La grosse bestiole se frotta encore contre la coque du catamaran. Elle était si près que Lili toucha son aileron du bout des doigts.

« Je l'ai touché, s'exclama cette dernière. Vous avez tous vu, hein ? J'ai touché un géant. »

Elle examina sa main, qui tremblait nerveusement depuis son contact avec l'animal.

Le squale s'éloigna un peu, remua la queue comme pour saluer et plongea.

« Il va revenir et nous faire chavirer, paniqua Tana en serrant la dent de requin pendue à son cou. Il veut sûrement venger son copain, celui à qui appartenait cette dent… »

Il écarquilla les yeux et fit une bouche béante.

« Ou alors il nous en veut d'avoir baptisé notre bateau Kamo-hoa-lii. C'est vrai : c'est peut-être sacrilège de lui avoir donné le nom du grand dieu requin.

— Que tu es bête, rit Lili. Tu vois bien qu'il n'est pas méchant. Il veut jouer, c'est tout. On dirait un grand clown qui fait son numéro. »

Moins rassuré, Tana se tourna vers son père.

« Peut-être, mais je préfère que tu remettes les moteurs en marche, papa. Les jeux de requin, il faut s'en méfier.

— Mais non, ta sœur a raison, confirma Aline. Il aime notre compagnie. Tiens, le revoilà ! »

Le requin, gueule grande ouverte, émergea tout près du bateau. Toujours aussi méfiant, Tana recula jusqu'au cockpit.

« Il nage sur le dos, fit remarquer Lili. Ouah, c'est encore mieux que les orques de Tropicland. »

Poursuivant son spectacle, le poisson leva les nageoires et exhiba son ventre blanc.

« Il veut se faire caresser, supposa Lili.

— Arrête, il n'est pas si inoffensif, l'avertit son frère. Dans l'océan Indien, ses petits amis ont renversé plusieurs bateaux de pêche. »

Intérieurement, il pria pour que le vent se lève et les aide à repartir.

« Quel poltron, ce Tana ! fit Lili. Bah, c'est normal : avec ses films d'horreur et ses vieilles croyances…

— Ce n'est pas comme toi, ma fille, fit observer John. Toi, tu as les pieds sur terre… comme ton papa. »

Il vit que la surface de l'eau commençait à friser.

« Ah, enfin ! Le dieu des navigateurs est à nouveau avec nous.

— C'est le vent du Sud, précisa Aline dont la chevelure semblait s'envoler. Allez, on hisse les voiles. »

Aline et John passèrent leur gilet de sauvetage orange fluo. Lili fit de même, bien qu'elle détestât porter cette espèce de grosse baudruche.

« Tss, ridicule ! marmonna-t-elle. J'ai l'air d'un canard avec ce truc. »

Elle rejoignit ses parents autour du mât surplombant

le cockpit et attrapa les cordages. En faisant de grands « fuuuiiiit » et « schlaaak », les deux grandes voiles triangulaires escaladèrent le mât tels des alpinistes faisant une course et se laissèrent gonfler par les alizés.

« Eh, mais... où est Tana ? s'écria subitement Aline.

— Je croyais qu'il hissait les voiles avec nous », dit Lili.

Lorsque ses enfants étaient sur le pont, Aline voulait les repérer au premier coup d'œil. Comme ce n'était pas le cas, elle se précipita à l'arrière du bateau. Tana était là. Le requin baleine, tête hors de l'eau, et l'enfant, mains sur la rambarde de sécurité, se regardaient fixement.

« Eh bien, Tana, tu n'as plus peur de notre ami, fit remarquer Aline. C'est une bonne chose mais tu aurais pu nous aider à... »

Elle sursauta. Le bras de son fils était dur comme de la pierre. Inquiète, elle agita la main devant ses yeux, mais il ne la vit pas.

« Tana, tu ne te sens pas bien ? »

Le jeune Polynésien était figé et ne réagissait pas à la voix de sa mère.

« Réponds-moi, Tana ! poursuivit celle-ci en le secouant. Eh-oh ! C'est moi... C'est maman. »

À l'image de quelqu'un qui se sent de trop, le requin se laissa couler et disparut dans les profondeurs.

Au même moment, tous les membres de Tana semblèrent se décrisper.

« Maman ! On dirait que le bateau bouge. »

Aline soupira de soulagement et lui effleura tendrement la joue.

« Le vent s'est levé, mon trésor ; alors, on a hissé les voiles.

— Hissé les voiles ? répéta le jeune géant, l'air de tomber des nues.

— Tu… tu es sûr que ça va, Tana ?

— Alors, Tigligli le grand courageux fait son tire-au-flanc ? se gaussa Lili lorsqu'elle vint les rejoindre.

— Écrase ! s'énerva Tana. Moi, je ne t'appelle pas miss groupie, avec ton boys band, là…

— Cessez de vous disputer ! ordonna Aline. Tana, enfile ton gilet ! Vous pouvez aller jouer, maintenant, si vous voulez.

— Merci ! » fit Lili, ravie que sa mère eût oublié les devoirs.

Tout en passant le gilet de sauvetage, Tana essaya d'apercevoir le requin une dernière fois. En vain. Alors qu'elle s'apprêtait à lui proposer un jeu, Lili crut déceler de la tristesse dans son regard. N'osant pas le déranger, elle alla s'installer seule sur la toile tendue entre les deux proues. S'agrippant d'une main à la grand-voile pour ne pas tomber, elle se livra à l'une de ses activités préférées : se faire asperger par l'embrun des vagues, sentir et même goûter l'écume, éprouver la sensation de faire corps avec le vent et la mer. Lili avait conscience de sa chance de vivre sur une maison flottante, avec pour terrain de jeu le plus grand océan du monde.

Entre bleu azur et bleu marine, le catamaran filait vers Tahiti, encore petite et toute verte à l'horizon.

Aline avait suivi son mari dans le cockpit. Les lumières et les écrans du tableau de bord illuminaient leurs visages.

« Alors, 'tite fleur ? fit John, à la barre, son épouse contre lui. Tu n'as pas l'air contente de revoir ton île… »

La mine soucieuse, Aline regardait son fils, qui venait de rejoindre Lili à l'avant du bateau.

« C'est Tana qui m'inquiète. Pendant quelques secondes, sur le pont, il est resté là, tétanisé, sourd à tout ce que je pouvais lui dire. J'espère qu'il n'est pas malade.

— Mais non, il rêvassait, présuma John d'un ton

rassurant. Tiens, regarde-le jouer avec Lili : ton fils est en pleine forme, va. »

Mais Tana ne jouait pas. Il était pensif, troublé. Ce qu'il venait de vivre était-il réel ? Avait-il rêvé ?

— Eh, qu'est-ce qui t'arrive ? demanda Lili, étonnée de son silence.

— C'est bien qu'on aille au lac Vaihiria, dit son frère sur un ton solennel. Je crois que l'on va y découvrir bien plus que les oreilles. »

Il tourna la tête vers Lili. Son regard était étrange ; paisible, lumineux mais en même temps fiévreux. C'était comme l'œil d'un cyclone : le calme au milieu de la tempête. Suffisant, en tout cas, pour faire frissonner Lili.

« Toi, tu nous couves quelque chose, supposa-t-elle, de plus en plus inquiète.

— Non, je vais bien, je t'assure. »

Lili réprima son envie de questions. Son frère était maintenant disposé à la suivre. C'était le principal. Avec l'enthousiasme d'un découvreur, la fillette regarda au-delà des cocotiers bordant les plages. Ce qui l'intéressait, c'étaient les montagnes couvertes de jungle et parcourues de cascades, un territoire qui, dans son imaginaire, était encore vierge et hostile.

Elle était loin de se douter que son désir d'aventure serait exaucé bien au-delà de ses espérances.

« Je vais me changer, annonça-t-elle soudain. Pour marcher dans la jungle, je serai mieux en short et en tee-shirt.

— Ah oui, très bien ! fit machinalement Tana.

— Toujours dans la lune ! marmonna Lili en entrant dans la cabine. Tu parles d'un équipier… »

Ignorant les médisances et l'absence de sa sœur, Tana regardait le spectacle qui commençait. Des dauphins à long bec bondissaient devant le bateau. D'habitude, le comité de bienvenue se limitait à une dizaine d'individus.

Ce matin-là, Tana en dénombra une centaine d'un seul coup d'œil. Plus insolite encore, certains d'entre eux jaillissaient de l'eau en couinant et, tels des dauphins dressés, se livraient à des figures et des acrobaties.

Le catamaran entra dans la passe, trouée naturelle dans la barrière de corail. De chaque côté, dans une tempête d'écume, les vagues se fracassaient sur le récif. Ce tumulte se mêlait harmonieusement au chant des mouettes. Moins bruyantes, des sternes virevoltaient à leurs côtés. Une queue fourchue et un plumage blanc et noir leur donnaient l'apparence de festivaliers en smoking. Dans un déploiement de leurs ailes longues et fines, elles planèrent un instant au-dessus des dauphins. Puis, à l'image d'une escadrille expérimentée, elles se séparèrent en deux groupes et s'éclipsèrent. Aussitôt, les dauphins s'évanouirent dans les eaux agitées de la passe.

Et le bateau de poursuivre sa route. Aux vagues complices d'un courant violent succéda le calme du lagon. L'eau passa progressivement du bleu marine au bleu turquoise mêlé de vert et devint aussi claire que celle d'une piscine.

Tana s'allongea et, fasciné, survola le monde des coraux. Sur une belle étendue de sable blanc, des madrépores aux branches roses côtoyaient l'enchevêtrement des « cornes de cerf ». Grâce à sa robe ocre, une murène immobile se confondait avec ces dernières.

Papillons, perroquets, chirurgiens : les poissons se comptaient par myriades, ce jour-là. De tailles et de couleurs diverses, ils affluaient de toutes parts pour former une sarabande aquatique, un écho au ballet des dauphins, des oiseaux et de l'écume.

Mais Tana voyait les choses différemment. Les cinq sens plus aiguisés qu'à l'ordinaire, il éprouvait un sentiment étrange : il lui semblait que les animaux se comportaient bizarrement et que les éléments se conjuraient pour tenter de l'attirer. Il pressentait un complot de la nature contre lui. Que lui voulait-elle ? Était-ce pour son bien ou pour le détruire ? Et ce cauchemar qu'il venait de faire, que pouvait-il bien signifier ?

La réponse — il en était persuadé — était dans le lac aux oreilles.

2
Rendez-vous à Mataïéa

John venait de jeter l'ancre et regardait avec émoi la plage blanc crème bordant le lagon. Constituée de milliers de morceaux de corail mort, elle était dominée par des cocotiers aux tailles et aux formes diverses : des petits, des grands, des bien droits, des tordus. Tranchant avec leurs troncs gris, leurs palmes se paraient de tons vert d'herbe ou vert foncé selon leur exposition au soleil.

Un jeune Tahitien aux cheveux décolorés à l'eau oxygénée, un short bouffant rouge pour seul vêtement, était assis en tailleur sous l'un d'eux. Manifestement, il ne redoutait pas qu'une noix de coco lui tombe sur la tête, sort réservé aux imbéciles selon la croyance populaire. Il se souciait plus de sa bedaine en dégustant gloutonnement une grosse mangue.

« Bonjour, mon petit Maté ! s'exclama Aline.

— Bonjour, cousine ! Bienvenue à Mataïéa ! » répondit le garçon en essuyant sa bouche d'un revers de main.

Il se leva avec souplesse et jeta au loin le noyau bien poli. Puis, l'air absent, il regarda Tana comme s'il le voyait pour la première fois.

« J'arrive », dit-il, à nouveau souriant.

Maté s'élança, faisant crisser le corail sous ses pieds. Une fois dans l'eau, il pensa aux poissons-pierres qui se cachent dans les fonds caillouteux. Six mois plus tôt, au même endroit, il avait marché sur l'une de ces grosses rascasses. La fièvre et la douleur l'avaient cloué au lit pendant plus d'un mois. Depuis, il suivait le conseil des anciens : marcher en traînant les pieds afin de heurter le flanc de la sale bête plutôt que son arête dorsale.

De l'eau jusqu'à la taille, Maté gravit l'échelle installée à l'arrière du bateau.

« Comment vas-tu, Aline ? demanda-t-il en embrassant sa cousine.

— Très bien ! Cela me fait vraiment plaisir de te revoir.

— À moi aussi ! Un an, c'est long.

— Comment vont tonton Tati et tata Tarita ?

— Papa et maman vont bien. Ils espèrent que vous aurez le temps de passer les voir. »

Il fit une tape amicale à John, qui le dépassait d'une tête, et lui lança :

« Alors, l'Hawaïen, toujours aussi grand ? »

Il le serra très fort contre lui tout en continuant les petites tapes dans le dos.

« Ha, ha, sacré Maté ! s'exclama John en se dégageant de son étreinte étouffante. Moi aussi, je suis content de te revoir. Hé, hé, hé !

— Ah, les enfants ! se réjouit Maté en se tournant vers Lili et Tana. Dans mes bras ! »

Après les avoir « étouffés » à leur tour, il s'affaissa nonchalamment sur le zodiac et regarda distraitement les cocotiers.

« Ah la la, j'en ai, des choses à vous raconter.

— Aïe ! susurra John à l'oreille d'Aline. S'il se lance, on en a pour une heure. »

Et le cousin Maté de rapporter ses dernières péripéties

dans le village de Mataïéa : sa pirogue en bois qui avait coulé alors qu'il se trouvait au milieu du lagon, son chien qui avait mangé le coq de combat de son voisin chinois…

« C'est intéressant, dit John, mais nous avons rendez-vous avec…

— Nous étions une bonne dizaine à assister au combat, poursuivit Maté, tout à ses histoires. Le coq de mon voisin chinois prend le dessus sur celui d'un type de Papara quand soudain, hop, Oméga me quitte, lui saute à la gorge et l'emporte dans la montagne. Le Chinois voulait se dédommager de la perte de son coq en mangeant mon chien. Comme j'aime mon chien, je lui ai donné à la place la pirogue qui a coulé. Il faut dire qu'on l'a repêchée et rafistolée avec des copains. Je ne sais pas combien de temps elle tiendra le coup. Enfin, le Chinois verra bien…

— Je suis content que tu aies pu t'arranger, dit John, vraiment content. Et maintenant, mon cher Ma…

— Ah oui, ajouta Maté, l'air grave, je voulais vous parler du fantôme de pépé Natua.

— Sacré grand-oncle ! sourit Aline. Serait-il aussi farceur que de son vivant ?

— Il m'inquiète, rectifia Maté. Avant, il appréciait qu'on observe la coutume. Sur la terrasse, qu'on laissait éclairée, il venait s'asseoir et mangeait comme un ogre. Mais là, depuis deux nuits, il ne touche plus au plateau-repas que ma mère lui prépare. J'ai peur qu'il ne soit malade, tu comprends.

— Oh, tu sais, il est déjà mort, plaisanta Aline. Il ne peut plus lui arriver grand-chose. »

Maté tressauta d'un petit rire nerveux qui se transforma vite en fou rire. Comme il lui manquait de nombreuses dents, Lili et Tana ne purent s'empêcher de s'esclaffer à leur tour. Depuis longtemps déjà, ils l'avaient surnommé Matt-sans-dents à son insu et en avaient même fait le héros d'une chanson :

Sur mon fier bateau, j'sillonne l'océan
En grand spécialiste de la pêche aux dents
Si la pêche est bonne, je pourrai rentrer
Adieu Matt-sans-dents et bonjour Maté

Dès qu'il fut calmé, Maté reprit le cours de son bavardage.

John, trépignant d'impatience, guettait le bref moment où il pourrait en placer une.

« Et pour le bateau, dit-il lorsque l'occasion se présenta, tu es sûr que cela ne t'embête pas ?

— Il y a à manger ?

— Le frigo est plein. Prends ce que tu veux !

— Alors, ça ne m'embête pas. Ce sera même un plaisir de garder votre rafiot.

— À la bonne heure ! se réjouit John. Et maintenant, ma petite famille, let's go !

— Okay, go ! » fit Maté, aussi à l'aise en anglais qu'une vache sur un surf.

L'air amusé, il regarda les membres de la famille Koki chausser leurs sandales-plastique-anti-poissons-pierres et endosser des sacs de randonnée. Puis il s'accroupit devant Tana, un peu à l'écart, et le dévisagea à nouveau.

« Sacré pépé Natua ! fit-il nonchalamment. Il avait le mana, lui. Il sentait l'énergie présente dans la nature et les éléments. »

Il fit une mine pensive puis sourit.

« Depuis sa mort, Natua fait partie du mana. »

Mal à l'aise, Tana s'empressait d'attacher sa deuxième sandale pour rejoindre Lili.

« Ta sœur n'était pas encore née, précisa Maté, mais

toi, tu te souviens de lui, hein ? »

Tana hocha la tête de haut en bas. En fait, il n'avait vu qu'une seule fois son arrière-grand-père. C'était quelques jours avant sa mort. Le vieil homme l'avait pris dans ses bras et l'avait fixé d'un regard pénétrant. Encore petit, Tana avait éclaté en sanglots et laissé échapper un pipi.

Happé par ce souvenir insolite et marquant, Tana se releva d'un bond et n'entendit pas la dernière phrase prononcée par Maté, dans un murmure, la tête baissée :

« Eh oui, il avait le mana, le vieux Natua… et toi aussi, maintenant, tu l'as. »

Les Koki descendirent l'échelle métallique installée à l'arrière du bateau.

« Vos affaires de toilette et vos vêtements de rechange sont dans mon sac, fit observer Aline à ses enfants. Qu'emportez-vous donc dans les vôtres ? »

Tana, qui lui emboîtait le pas, ne savait que répondre.

« Des magazines ! intervint Lili, juste derrière lui, affolée à l'idée de voir sa mère se livrer à une nouvelle inspection et découvrir le matériel d'expédition. On sera bien contents de les avoir quand vous parlerez avec le monsieur qui va publier votre livre. »

— On dit un éditeur, Lili », fit observer John.

Vexée de ne pas avoir employé le mot exact, Lili fit la moue et entra dans l'eau jusqu'aux épaules.

Avec Aline en éclaireur et John fermant la marche, les Koki rejoignaient la plage en file indienne.

« C'est vrai, poursuivit Lili en s'écartant du rang. Les adultes sont sérieux, ils ne racontent que des choses barbantes ; alors, nous, on a am… Gloub… »

Lili, n'ayant plus pied, avait disparu sous l'eau.

« Eh là, reste avec nous ! » dit son père en la rattrapant par le col.

Énervée autant que surprise, ses longs cheveux mouillés lui cachant le visage, Lili toussa et recracha l'eau salée qu'elle venait d'avaler.

« Eh oui, fit remarquer Tana en pouffant, voilà ce qui arrive quand on ne reste pas en ligne. Quand on ne veut pas faire comme tout le monde…

— Ça ira, ma chérie ? fit Aline, un peu inquiète, depuis la plage.

— Oui, maman ! assura Lili, écartant et relevant ses cheveux. J'en ai vu d'autres, tu sais.

— Et tes magazines ? continua sa mère. Ils doivent être tout abîmés, maintenant.

— Non, ça va, maman, ça va. Mon… euh… mon sac est étanche.

— Ah bon ? Il est étanche ? parut s'étonner Aline.

— Eh oui ! » dit Lili, qui ne se sentait pas encore tirée d'affaire.

Sa mère se remit en marche sans rien ajouter. L'air indolent, elle emprunta un chemin de gravillons bordé de bananiers.

« Ouf, sauvée ! » se dit Lili, dont l'expédition avait failli tourner court.

Elle prit le temps de faire une grimace à Maté, mort de rire sur le bateau, et s'empressa de sortir de l'eau.

Laissant planer son regard, elle aperçut un Tahitien au bout de la plage. Il était hilare, lui aussi, et tapait du poing sur un petit hangar en tôle. Soudain, il se prit les pieds dans son filet de pêche et tomba à la renverse, ce qui le fit rire de plus belle. Mais Lili les méprisait, lui, Tana, Maté et tous les moqueurs du monde… car elle approchait du mystérieux lac Vaihiria…

« Attention aux crabes ! prévint Aline, quand toute sa famille fut dans le chemin. Il y en a des dizaines par terre. »

C'était effectivement une véritable armée de crabes.

Descendant des cocotiers tels des hommes d'affaires quittant leurs gratte-ciel, ils prenaient leurs places dans la circulation, à destination du lagon.

« Ils sont marrants, ces tupa, s'amusa Tana en veillant à ne pas les écraser... ou se faire pincer les orteils. Je me demande pourquoi ils passent la moitié de leur temps dans les arbres.

— Ne traînez pas, les petits ! conseilla John en dépassant ses enfants.

— D'accord, papa, on arrive ! » firent ces derniers de concert.

Parmi les crustacés, sombres dessus, clairs dessous pour la plupart, quelques spécimens se démarquaient.

« Regarde, Lili, y en a même des rouges, s'exclama Tana. Ce sont peut-être des pompiers, prêts à intervenir en cas d'accident.

— Il s'agit d'une autre variété, crut bon de souligner Lili. Ils se mêlent aux crabes de cocotiers pour se sentir plus forts. »

Elle se tut une seconde et suivit le cortège d'un regard distrait.

« Tu as de l'imagination, dit-elle en se remettant en route. Personnellement, je trouve qu'ils ressemblent tous à des pinces à sucre vivantes.

— Attention, Lili ! »

Le cri de son frère lui évita de se faire pincer les orteils par l'un des crustacés.

« Merci, Tana, dit aussitôt la fillette, reconnaissante. Tu vois : l'aventure a déjà commencé. »

Elle regarda les crabes s'immergeant les uns après les autres et fit un sourire radieux.

« Nous aussi, nous allons faire de la plongée. Une plongée qui va nous apporter une reconnaissance internationale. »

Pour ne pas retarder son expédition, elle se hâta de

rejoindre les parents.

Comme attiré par un aimant, Tana se retourna lentement. Les quelques crabes encore au sec le fixaient en faisant claquer leurs pinces. Quel drôle de comportement, une fois de plus ! Le jeune Maori se demanda s'ils l'acclamaient ou le menaçaient. Subitement, ils rejoignirent leurs congénères dans le lagon. Tana resta un moment sur la plage, l'air confus. Se persuadant que les crabes s'étaient montrés menaçants afin d'assurer les arrières du groupe, il se remit en route en sifflotant.

Une fois l'an, deux au plus, Aline jubilait de revoir Mataïéa, son village natal. Le temple protestant, bâtisse en ciment peint évoquant une mosquée, les bungalows verts et bleus, les mammas tahitiennes aux robes multicolores et aux chapeaux tressés argumentant aux étals à poissons : année après année, rien ne changeait vraiment.

Il y avait certes un peu plus de voitures et de scooters. Les trucks, camions transportant passagers et pastèques depuis le marché de Papeete, diffusaient désormais autant de reggae et de rap que de musique tahitienne. Rien de bien méchant, selon Aline : Mataïéa ne deviendrait jamais Papeete ou Honolulu…

« Il a peut-être oublié notre rendez-vous, s'inquiéta John, guettant l'arrivée du moindre véhicule.

— Ne dis pas de bêtises ! dit Aline en se blottissant contre lui. Tiens, regarde : je crois que c'est lui. »

Un 4x4 gris métallisé, récent mais un peu cabossé, vint se garer devant le temple. L'homme d'une quarantaine d'années qui en descendit avait les cheveux grisonnants et les oreilles aussi décollées que celles d'un chimpanzé.

« Cette allure, se dit John, cette chemise à fleurs par-dessus un pantalon blanc ! Oh oui, pas de doute : c'est bien lui.

— C'est un popaa, murmura Tana, un peu surpris, un… un Blanc…

— Ah oui, ajouta Lili. Tu ne nous l'as jamais dit, papa.

— Et alors ? fit John, étonné.

— Rien ! dit Lili. Je l'avais imaginé tahitien.

— Eh bien, vous vous êtes trompés, fit remarquer John en adressant un sourire à leur hôte. Allez, soyez polis, les enfants !

— John et Aline ! s'exclama l'éditeur, bras tendus. Comme je suis heureux de vous revoir.

— Nous aussi, Monsieur Sleg ! affirma John en lui serrant la main. Cela fait bien trois mois que l'on s'est quittés, dans votre bureau de Papeete. »

L'éditeur embrassa Aline puis fit une mine embarrassée.

« Je vous prie d'excuser mon retard : à cause des pluies torrentielles qu'il y a eu ces jours-ci, la route est à moitié inondée.

— Ne vous excusez pas ! dit Aline. De toute façon, nous venons à peine d'arriver.

— Hum-hum ! fit Lili, lasse des bla-bla alors qu'une grande aventure l'attendait.

— Je vous présente notre fille, Liliuokalani, dit Aline.

— Liliuokalani, répéta M. Sleg en tendant la main. Comme la grande reine hawaïenne ! Tu sais que c'est elle qui a composé le chant d'adieu *Aloha oé* ?

— Oui, je sais, répondit fièrement la fillette. Mais moi, tout le monde m'appelle Lili.

— Bien, Lili ! dit l'éditeur, amusé. Je tâcherai de m'en souvenir.

— Comme son frère, précisa John, elle suit une scolarité par correspondance.

— Ah oui, vous m'en avez parlé, se rappela M. Sleg.

Comment cela fonctionne, exactement ?

— Oh, c'est simple, expliqua John. L'école dans laquelle ils sont inscrits leur envoie des devoirs par email, par ordinateur si vous préférez. Lili et Tana les retournent de la même façon une fois terminés.

— Et voici Tana ! poursuivit Aline.

— Alors, Tana ? fit Sleg en adressant une tape amicale au jeune garçon. Bientôt le bac ?

— Euh… J'ai douze ans, Monsieur, rectifia timidement celui-ci.

— Douze ans ? s'écria l'éditeur, les yeux ronds. Mais c'est un véritable géant que vous avez fait là.

— Il tient de son père, fit observer Aline.

— Moi, je passerai mon bac dans sept ans, glissa Lili.

— Ma sœur est en CM2, précisa Tana. Moi, je suis en sixième : c'est quand même autre chose…

— Oui mais moi, je n'ai pas encore onze ans, grogna Lili comme un chat répondant au chien.

— On va y aller, si vous voulez, proposa Sleg en tapant dans ses mains.

— Okay, on vous suit, agréa John.

— Mettez vos sacs à dos derrière, poursuivit l'éditeur en désignant la benne du véhicule.

— Et vous deux, arrêtez de vous chamailler ! » ordonna discrètement Aline à ses enfants, les derniers à se délester.

D'une simple pression de son bip, M. Sleg débloqua toutes les portières du 4x4.

« Tout le monde en voiture ! » annonça-t-il sur un ton enjoué.

Lili, qui voulait pourtant rendre son expédition la plus discrète possible, ne put retenir sa joie plus longtemps.

« Yiiiihaaaaa ! » s'exclama-t-elle en montant la première.

Surpris par son cri, ses parents et l'éditeur s'immobilisèrent et la dévisagèrent.

Lili se sentit idiote d'avoir ainsi manifesté sa joie. Et Tana ne rata pas l'occasion.

« Eh ouais, une petite balade en 4x4, c'est une grande fête pour ma sœur ! »

M. Sleg sourit puis s'installa au volant, à côté de John. À l'arrière, Tana prit place entre sa mère et sa sœur, qui lui pinça sournoisement la cuisse pour le punir de s'être moqué d'elle.

Peu après, le 4x4 quitta le village de Mataïéa et s'engagea sur une route de terre parsemée de trous remplis d'eau.

Le nez collé à la vitre, Aline, qui connaissait bien son île, ne se lassait pas de revoir les nombreuses bananeraies qui tapissaient la vallée et les chevaux blancs comme la neige galopant dans des champs sans enclos.

Faisant mine d'être intéressée, Lili ne pensait en fait qu'au moment tant attendu où, secondée par son frère, elle jouerait les aventurières.

En tout cas, ce n'étaient ni les quelques nuages gris aperçus sur les hauteurs ni un cyclone, ni même sa mère, dont elle craignait pourtant la réaction en cas de découverte de la fugue, qui allaient la faire renoncer.

3
Fugue dans l'après-midi

« Ne vous étonnez pas de la tristesse de ma femme, avertit M. Sleg. »

Il regarda droit devant lui, l'air absent. Tel un pilote automatique, ses mains donnèrent un coup de volant qui fit tourner le 4x4 à droite.

« Ouais, soupira l'éditeur, ma femme est inconsolable depuis douze ans. »

Aline et John restèrent silencieux. Quelques mois auparavant, M. Sleg leur avait confié un terrible secret : douze ans plus tôt, lors d'un pique-nique au bord du lac Vaihiria, son fils, alors âgé de trois ans, avait disparu sans laisser de traces.

Mais ils arrivaient au bout de la piste. Sans couper le moteur, l'éditeur sortit, fit coulisser un portail tout rouillé puis gara sa voiture sur une aire en terre battue.

« Pas de gaffe devant Mme Sleg », rappela Aline en sortant du 4x4.

Lili et Tana acquiescèrent.

À nouveau souriant, M. Sleg proposa à ses invités de faire le tour du propriétaire.

« Venez voir, les enfants, chuchota-t-il avec des airs de gardien de sanctuaire. Je vais vous montrer le potager aux fantômes.

— Le potager aux fantômes ? » répéta Lili, interloquée.

Il s'agissait d'un carré de légumes jouxtant un petit champ d'ananas. L'éditeur, sourire aux lèvres, s'approcha de deux tubercules surmontés de larges feuilles.

« Bien que nous n'en ayons pas encore fait la cueillette, ce sont les seuls taros qui nous restent. Régulièrement depuis douze ans, une partie de nos récoltes disparaît, comme ça, pouf.

— On vous la vole ? déduisit Lili.

— Je n'en sais rien, avoua M. Sleg, l'air amusé. Je ne cherche pas d'explication à ce phénomène. En tout cas, de tous nos fruits et légumes, ce sont les taros qui disparaissent le plus.

— La nourriture de base de tous les peuples du Pacifique », nota John.

Mais un autre phénomène attira l'attention de Tana. C'était la maison des Sleg, un chalet blanc sur une petite butte, auquel on accédait par un escalier en rondins. Les deux fenêtres sous son toit évoquaient des yeux, et ils semblaient regarder Tana. Pour s'en persuader, il fit quelques pas à droite puis à gauche : où qu'il aille, le chalet le suivait du regard, comme s'il jaugeait l'intrus qui se présentait.

« Mon histoire de potager ne semble pas te passionner, supposa M. Sleg, qui avait observé l'étrange manège de Tana. Allez, les enfants : allons manger ! »

Tana fut le premier à lui emboîter le pas. Le lac Vaihiria miroitant au loin lui fit oublier les fenêtres mystérieuses.

Le groupe et son guide gravirent l'escalier en rondins et découvrirent la terrasse. Une grande table, couverte d'une nappe en coton, parée d'un bouquet d'orchidées mauves et blanches évoquant des étoiles, y avait été dressée.

Soudain, une baie vitrée coulissa, laissant apparaître une Tahitienne au visage rond et triste mais néanmoins très joli. Outre une fleur d'hibiscus rouge à l'oreille gauche, elle portait une ample et longue robe beige. Tana songea à ces robes que les missionnaires avaient jadis imposées aux vahinés.

« Je vous présente Moétia, mon épouse », annonça M. Sleg.

Elle embrassa les Koki puis les invita à passer à table. Un cocktail rouge orangé attendait chaque convive. À leur grande déception, Lili et Tana se rendirent compte que leur maï taï était dépourvu de rhum ; enfin, c'était tout de même délicieux et Moétia leur apporta un deuxième verre.

À la fin du repas, qui fut tout aussi exquis, Moétia parut transformée. Elle avait sympathisé avec les Koki, surtout avec Aline, et un seul verre de vin avait suffi à l'égayer. Au grand étonnement de son mari, elle finit par aller chercher une petite guitare nommée ukulélé et, avec allégresse, passa en revue les plus belles chansons tahitiennes.

« Ça nous fait du bien de nous divertir, confia-t-elle lorsqu'elle reposa son instrument sur la table.

— Tu as raison, ma chérie, approuva son mari en lui baisant le front. En tout cas, cela fait une éternité que tu n'avais pas joué. »

La mine ravie, il ouvrit le gros manuscrit posé près de son assiette.

« Et maintenant, parlons un peu de votre ouvrage », dit-il à Aline et John.

Lili chercha vite le regard de Tana. Ses yeux roulant sur le côté étaient le signal d'un imminent lever de table.

« Vous avez fait un excellent travail, affirma M. Sleg. Dites, entre nous : on sent que vous avez une légère préférence pour l'archipel des Australes…

— C'est vrai, reconnut Aline avec nostalgie. Nous étions basés à Rapa, l'île de l'éternel printemps.

— Ce doit être comme Tahiti autrefois, supposa l'éditeur. À propos : après la Polynésie française, de quel autre merveilleux pays traitera le volume suivant ?

— De celui où je suis né, annonça John sur un ton enthousiaste. L'archipel hawaïen : Kauaï, Oahu, Maui, Big Island…

— Quelle vie ! s'exclama Sleg, l'air rêveur. Voyager et travailler sur un voilier ! Quelle excellente source de savoir !

— Eh oui, fit remarquer John, il arrive que les profs redeviennent élèves.

— À propos, demanda Sleg, l'enseignement ne vous manque pas ?

— Pas pour l'instant, dit Aline. Nous avions besoin de ce congé pour notre projet, mais aussi pour souffler un peu.

— Vous avez fait le bon choix, approuva l'éditeur. Je suis certain que cette encyclopédie sur la Polynésie va se vendre comme des petits pains. Je voudrais juste revoir quelques passages du premier volume avec vous. On en a pour une bonne partie de l'après-midi. Ça ne vous ennuie pas, j'espère ?

— Pas du tout », fit John en se servant un verre d'eau.

M. Sleg se leva de table.

« Parfait ! Après le café, nous nous installerons dans mon bureau. Dites, au fait, mon prénom, c'est Robert, mais appelez-moi Bob : je ne suis pas américain, mais c'est le diminutif qu'emploient mes amis !

— Okay, Bob ! dit John du tac au tac.

— Venez avec moi, lui susurra l'éditeur en mettant un dernier couvert sur le plateau. Je vais vous montrer quelque chose. »

Moétia suivit les deux hommes d'un regard amusé.

« Qu'est-ce qui vous fait sourire ? demanda Aline, intriguée.

— Quand Bob fait des messes basses à un invité, c'est pour aller fumer le cigare en cachette avec lui, expliqua Moétia. Je lui ai interdit — ce n'est pas bon pour ses poumons — mais bon, de temps en temps, je laisse couler. Cela lui fait plaisir, vous comprenez ? »

Aline acquiesça en souriant. Soudain, elle entendit tousser dans la cuisine.

« Ça, c'est John. Il ne fume jamais. La moindre bouffée le fait tousser comme un perdu pendant cinq minutes.

— Nos hommes sont de grands enfants, fit observer Moétia, les larmes aux yeux. De grands enfants… »

Aline avait compris qu'elle pensait à son fils disparu. Sans un mot, elle mit sa main sur la sienne.

« Je fais comme la vahiné d'un célèbre navigateur disparu en mer, confia Moétia. Je jette chaque jour un collier de fleurs au lac… dans… dans l'espoir qu'il me rende mon petit garçon. »

Elle essuya ses larmes car les deux hommes revenaient avec le café, les tasses et le sucre.

« Tana et moi ne voulons pas vous déranger pendant le travail, s'empressa de glisser Lili. Nous jouerons dans le jardin, d'accord ? Pouvons-nous sortir de table ? »

Aline, l'air inquiet, scruta les alentours.

« Je veux bien, mais soyez sages et ne vous éloignez pas !

— Très bien, maman ! Allez, Tana, suis-moi ! »

Ils descendirent de la terrasse par l'escalier en rondins.

« Regarde ce gecko sur la dernière marche ! s'exclama Tana en désignant un lézard brun clair d'une vingtaine de centimètres. Il est vraiment énorme, tu ne trouves pas ?

— Bah, j'en ai déjà vu de bien plus gros. De toute façon, on a d'autres chats à fouetter. Allez, viens ! »

Tana ne bougeait pas. Il fixait le lézard, immobile, lui aussi.

« Dis donc, c'est marrant. On dirait qu'il veut nous dire quelque chose.

— De mieux en mieux ! Et depuis quand tu parles le gecko ? »

Comme s'il avait compris, le lézard tourna la tête et la dévisagea.

« Ouh, je n'aime pas la façon dont il me regarde. Ce petit monstre prépare un mauvais coup. »

Mais Tana se retourna brusquement et scruta la haie gris-vert de pins des îles Cook clôturant le jardin.

« Qu'est-ce que tu as vu ? demanda Lili tout en gardant un œil sur le lézard, qui la fixait toujours.

— J'ai senti quelque chose, répondit Tana, les yeux rivés sur les conifères. Ca venait de là-bas, j'en suis sûr. Quelque chose nous épiait. »

Lili regarda elle aussi vers les arbres.

« Ton imagination te joue des tours. Tu… »

Elle s'interrompit pour jeter un coup d'œil sur la dernière marche. Le lézard n'avait toujours pas bougé. Marchant à reculons afin de ne pas tourner le dos à ce dinosaure miniature, Lili attrapa Tana par le tee-shirt et l'entraîna dans le jardin.

« Faisons mine de nous intéresser aux fleurs, proposa-t-elle, soulagée de ne plus voir le reptile. À mon signal, nous nous éclipserons. Il ne faudrait pas faire attendre nos amies les oreilles. »

Contrairement à Lili, Tana était vraiment charmé par la beauté des bougainvillées rouge carmin et des fleurs de tiarés blanches et parfumées. Plus loin, des hibiscus aux larges corolles colorées et aux interminables pistils ainsi que des orchidées roses originaires d'Asie le captivèrent tout autant. Un instant, il eut même la sensation d'être, lui aussi, une plante, un élément du décor.

Sortant brusquement de sa rêverie, Tana pouffa de rire.

« Qu'est-ce qui t'amuse autant ? demanda sa sœur, exaspérée.

— T'as vu ? Il s'appelle Bob.

— Qui s'appelle Bob ?

— Mais M. Sleg, voyons ! Tu n'as pas entendu, au dessert ?

— Oui, et alors ?

— Bob Sleg ; bobsleigh : c'est rigolo, non ?

— Bof, pas terrible ! dit Lili, sans quitter la terrasse des yeux. Mais passons aux choses sérieuses, tu veux : dès qu'ils vont à l'intérieur, on court prendre nos sacs dans le 4x4. »

Hélas, les parents et les Sleg semblaient prendre tout leur temps. L'apprentie aventurière enrageait.

Soudain, ils se levèrent. Aline posa les mains sur la balustrade de la terrasse.

« On est là, maman, signala Lili.

— C'est bien, les enfants, approuva sa mère en rejoignant les autres adultes. Allez, à tout à l'heure. Et surtout, n'allez pas au lac !

— Okay ! À tout à l'heure ! » termina Lili.

Elle traversa le jardin à grands pas.

« Moi aussi, je veux aller au lac, affirma Tana, qui la talonnait, mais tu sais, ce qui est arrivé au fils de M. et Mme Sleg me contrarie beaucoup.

— Cette histoire m'attriste autant que toi, mais nous, on n'est pas des bébés et on a déjà nagé dans des coins autrement dangereux que ce petit lac de rien du tout. »

Elle saisit leurs sacs à dos dans la benne du 4x4. Parés de ces sacs et des chaussures de randonnée qu'ils y avaient glissées, ils sortirent de la propriété et refermèrent en douceur le portail coulissant de l'entrée.

Lili exultait. L'aventure, la vraie, commençait enfin. D'abord, il fallait traverser une forêt de mapés. Ces arbres évoquaient les châtaigniers par leurs troncs massifs et les banians par leurs racines bien apparentes.

« Ces mapés sont étranges, confia Tana. Tu as vu leurs racines ? On dirait des tentacules de pieuvre. »

Lili fit mine de ne pas être impressionnée.

« Ce ne sont que des arbres. Ils ne vont pas te sauter dessus, va. »

Loin d'être rassuré, Tana regarda les cimes. Elles étaient si touffues qu'elles empêchaient le soleil de passer. À part quelques rayons filtrant ici et là, il faisait sombre comme en pleine nuit.

De plus en plus dense, la végétation croissant aux pieds des mapés ralentissait leur progression. Les deux enfants se frayaient un chemin parmi les fougères arborescentes et des plantes aux feuilles aussi larges que des parasols.

Quelle étrange forêt ! se dit Tana en écartant une liane puis des bambous assez grands pour servir au saut à la perche.

Aux aguets telle une biche dans une forêt pleine de loups, Lili mit la main dans une poche de son short et en sortit un canif.

« Tu ne m'avais pas dit que tu emmenais un gros couteau de chasse, se moqua son frère pour cacher sa peur. Ha, ha, ha, Lili la chasseresse contre les monstres de la jungle tahitienne !

— Oui, eh bien, c'est mieux que rien. On ne sait jamais sur quoi on peut tomber.

— Il y a peut-être un tigre à l'affût », poursuivit

Tana en pliant ses doigts et montrant les dents.

Il avança vers elle, l'air encore plus menaçant.

« Et… pourquoi pas… gggggrrrrrr… un… TYRANNOSAURE !

— Arrête, Tana ! Tu n'es pas dr… »

Brusquement, un cochon sauvage, massif, tout noir, surgit des fourrés et s'immobilisa.

Lili, paralysée, laissa choir son canif.

Comme le requin baleine, l'animal fixa Tana du regard. Lili fut persuadée qu'il allait charger son frère et le renverser comme une quille.

« Maman ! » laissa-t-elle échapper sans se soucier d'éventuelles railleries de son frère.

Mais celui-ci n'avait rien entendu. Il ne bougeait pas d'un pouce, et ses yeux semblaient collés à ceux du porc. Subitement, l'animal s'approcha et lui tourna autour en le reniflant. Tana aurait voulu fuir mais il était aussi figé que Lili.

Soudain, le craquement d'une branche mit tous les sens de la bête en alerte et la fit détaler aussi vite qu'un lièvre.

« Un… un… un… un autre cochon ? bredouilla Lili, un pied levé, telle une cigogne.

— Un porc ne fuit pas devant un congénère, murmura Tana en scrutant les sous-bois. On nous espionne, Lili.

— Mais bien entendu, se moqua la fillette. Les meilleurs agents secrets sont sur le coup. »

D'un revers de main, Tana essuya la sueur de son front.

« Ne restons pas ici ! Dans certaines légendes maories, on raconte que les forêts de mapés sont hantées par des fantômes et plein d'autres créatures.

— Oui, il est temps d'aller au lac, approuva Lili en se remettant en marche d'un pas soutenu. Cela ne sert à rien de s'attarder ici.

— Qu'est-ce qui lui a pris, à ce gros balourd, de venir me renifler comme ça ? s'interrogea Tana, juste derrière elle.

— Il t'a peut-être pris pour un membre de sa harde. Tu vois : quand maman te dit de prendre une douche chaque jour… »

Tana haussa les épaules. Puis il s'arrêta et se huma, pour vérifier.

« Tss, qu'est-ce qu'elle raconte ? marmonna-t-il. Je trouve que je sens très bon, moi. »

Subitement, quelque chose lui effleura le dos. Ce n'était pas Lili, déjà loin devant. Frissonnant de la tête aux pieds, il eut néanmoins le courage de se retourner.

Qu'est-ce que c'est que ça ? se dit-il, littéralement hypnotisé.

Tel un serpent arboricole, une liane gigantesque l'avait suivi depuis les frondaisons et se tenait face à lui dans un léger mouvement ondulatoire. Si elle avait été pourvue d'un œil, Tana aurait juré qu'elle le regardait.

« Par là ! » dit Lili en indiquant la lumière du soleil derrière les derniers arbres.

Elle réalisa que Tana n'était plus à ses côtés.

« Tana ? »

La liane se rétracta aussi vite que le fil d'un aspirateur.

« Ah, tu es là, dit la fillette lorsqu'elle repéra son frère. Tu as rencontré des amis escargots ?

— Non, mais j'ai vu une… »

Tana s'interrompit : Lili ne croirait jamais son abracadabrante histoire de liane.

« J'ai vu une grenouille, reprit-il en s'empressant de la rejoindre. Elle était toute petite, toute verte avec des taches jaunes, et…

— Moins intéressante que les oreilles. Les oreilles,

tu te rappelles ?

— Oui, je sais, fit Tana avec lassitude. Tu n'arrêtes pas de m'en rebattre les oreilles, justement. »

Au sortir de la forêt, ils virent le soleil en partie caché par des nuages. Lili toujours en tête, ils s'engagèrent sur une pente broussailleuse.

« Vite, s'écria-t-elle, ne perdons plus de temps ! »

Bondissant tels des chamois, ils arrivèrent rapidement au bord du lac.

« Enfin, se réjouit Lili, les poings levés. Nous y voilà ! »

Le décor, grandiose, valait bien une petite fugue. À droite, constituant la partie sud du cratère de l'île, des falaises d'une hauteur avoisinant le kilomètre tombaient à pic dans les eaux vert jade. Devant eux, une pente identique à celle qu'ils venaient d'emprunter, couverte d'arbres et de buissons. À gauche, plus loin, on distinguait un gros bâtiment.

« L'usine hydroélectrique, annonça Tana tandis que Lili ôtait ses grosses chaussures. L'énergie qu'elle pro...

— Laisse tomber, on se fiche de cette usine. Nous ne sommes pas là pour ça. »

Lili enleva ses vêtements, sous lesquels elle portait un maillot de bain une pièce, et sortit un objet cylindrique de son sac à dos.

« La... la lampe sous-marine de papa ! bafouilla Tana. T'es folle ou quoi ? Il y tient comme à la prunelle de ses yeux. Tu veux le faire hurler comme un loup-garou à la pleine lune ?

— C'est toi qui la tiendras », annonça la fillette sur un ton indolent.

Tana prit la lampe en maugréant et la posa à ses pieds. Puis il ouvrit son sac et se mit lui aussi en maillot de bain.

« On arrive, chères petites oreilles », se réjouit Lili.

Elle enfila à la hâte la paire de chaussettes et la combinaison short composant sa tenue de plongée. Tana fit de même, quoique plus lentement.

Palmes aux pieds, le visage caché par le masque et le tuba, un appareil photo étanche pendu à son cou, Lili sauta dans l'eau en poussant un cri de joie.

« Même avec la combinaison, elle est super-hyper froide comparée à l'océan, s'écria-t-elle, toute grelottante.

— Il faut y aller petit à petit. C'est beaucoup plus prud… »

Mais Lili, tête sous l'eau, bras le long du corps, et battant des palmes, était déjà à dix mètres de la rive.

« Eh, mais attends-moi ! demanda Tana. Pff ! C'est pas vrai. »

Tant pis pour les étapes : il immergea brutalement tout son corps.

« Houlala ! Brrrr ! »

Malgré la chair de poule sur ses avant-bras, il alluma la lampe de son père et rejoignit Lili.

4
Le lac aux oreilles

Tana ne voyait plus le fond. Sous ses palmes, il pouvait y avoir dix, cent, peut-être même mille mètres. C'était aussi angoissant que nager en plein océan.

Je ne devrais pas regarder de films d'horreur en cachette des parents, pensa-t-il, gagné par la peur. *Surtout pas à la veille de ce genre de plongée !*

Il regardait dessous, sur les côtés, se retournait brusquement pour vérifier qu'il n'était pas suivi. Sa lampe diffusait une lumière spectrale peu rassurante.

Cette ambiance étrange commença à enflammer son imagination : à défaut d'oreilles, les profondeurs du lac abritaient peut-être des créatures malfaisantes. Furieuses d'avoir été dérangées dans leur sanctuaire, elles pourraient monter jusqu'à la surface, puis les attraper et les dévorer, sa sœur et lui. Comme il n'y avait aucun rocher sur lequel se réfugier, ils seraient des proies faciles.

Tana songea au catamaran, sur lequel ils auraient pu se hisser en cas de danger. Il imagina aussi Maté, qui s'y trouvait, justement, et qui devait tranquillement vider le frigo. Enfin, il pensa aux parents, qui allaient bientôt s'accorder une pause en mangeant des petits gâteaux et en buvant une boisson chaude (Ah, une boisson chaude !). Et si leur mère profitait de cette pause pour venir leur rendre visite dans le jardin ?

Mais qu'est-ce qu'on fait ici ? se dit-il en serrant les dents.

Soudain, il eut le funeste pressentiment que la nature, depuis sa rencontre avec le requin baleine, l'avait attiré ici pour sa perte.

Devant lui, éclairée par la lumière perçant les ténèbres, Lili était aussi déterminée qu'un égyptologue dans un temple regorgeant de trésors. Petit à petit, des formes un peu floues et noires se dessinèrent. Tana eut un sourire soulagé car il s'agissait de blocs de pierre soudés au fond, à nouveau visible, et distants du rivage d'à peine quelques mètres. Comme sa sœur, il monta sur un rocher à fleur d'eau, s'assit sur le limon un peu glissant qui le tapissait et releva son masque.

« Elles se cachent dans ces gros cailloux, dit Lili sur un ton affirmatif. Et j'ai vu des algues un peu plus loin. On peut en trouver, là aussi…

— On va aller voir, dit Tana, une main sur la lampe de plongée, mais tu me promets qu'après, on rentre chez M. Sleg. Parce que je ne sais pas si tu as vu le ciel : il va y avoir de l'orage… »

Le ciel était, en effet, couvert de gros nuages gris, presque noirs.

« C'est promis, certifia Lili. De toute façon, je suis gelée. »

Le masque collé au visage, elle descendit du rocher et reprit sa prospection.

« À part deux hurluberlus, y a rien du tout dans ce lac », soupira Tana en se remettant à l'eau.

Lili plongea entre les rochers, fouilla méthodiquement le petit champ d'algues vertes qu'elle avait aperçu. De retour à la surface pour reprendre de l'air, elle se figea, l'air médusé.

« Elles sont là ? » s'écria Tana en mettant la tête hors de l'eau.

Piquée par la curiosité, Lili avait déjà replongé. Comme son ombre, Tana fit de même.

Surgissant de nulle part les unes après les autres, des bulles décrivaient une spirale de plus en plus large. Tana sentit un danger. En hurlant dans son tuba, il produisit le barrissement étouffé d'un éléphant. Trop tard : Lili, yeux épouvantés, fut entraînée dans la spirale, qui tournoyait de plus en plus vite.

Tana était horrifié car le tourbillon s'engouffrait maintenant dans une crevasse. Brusquement apparue sur un gros rocher, elle s'élargissait telle une gueule titanesque.

Lâchant la lampe malgré sa valeur, Tana se propulsa aussi vite qu'un calmar. Plongeant sans hésiter dans les remous, il parvint à saisir le poignet droit de Lili. Simultanément, elle perdit connaissance. Quoi qu'il arrive, il ne la lâcherait jamais. Et ils tournèrent, tournèrent, à une vitesse vertigineuse, comme dans le siphon d'un gigantesque évier. Brusquement, tout s'obscurcit : ils étaient dans la crevasse. Une eau impétueuse, glaçant les veines de Tana, les entraînait vers le centre de la terre… et vers une mort certaine.

Tana priait intérieurement lorsqu'un choc violent contre une paroi dure et coupante lui fit lâcher la main de sa sœur. Il n'eut pas le temps d'exprimer sa douleur et son angoisse car il se cogna encore, de tous côtés et aussi durement.

Combien de temps s'était-il écoulé depuis leur plongée forcée dans la crevasse ? Une poignée de secondes ? Plusieurs minutes ? Bien incapables de répondre, Lili et Tana furent expulsés de la veine sous-marine avec l'eau qui la parcourait et firent une chute d'une dizaine de mètres dans une grotte à moitié noyée.

Au seuil de l'inconscience, Tana se sentit fendre l'eau. Malgré cet état et un masque fêlé de toutes parts, il s'employa immédiatement à retrouver sa sœur. Pas facile : il voyait comme dans un kaléidoscope ou avec les yeux d'une araignée.

Lili ! pensa-t-il en découvrant une masse inerte cinq mètres plus bas.

Elle gisait sur un fond caillouteux et sans végétation. Son masque, son tuba et son appareil photo étaient éparpillés autour d'elle.

Tana s'empressa de la rejoindre. La main gauche sous son menton, palmes en action, il entama la remontée vers la surface, qui paraissait loin, si loin. Il maîtrisait la plongée en apnée, certes, mais il n'avait pas eu le temps de reprendre son souffle. Ses joues se creusaient à vue d'œil à cause du manque d'oxygène et il avait l'impression que sa tête allait exploser.

Allez, mon vieux Tana, s'encouragea-t-il alors que l'air libre, curieusement, lui semblait toujours plus loin. *Tu vas y arriver ; tu DOIS y arriver.*

Mais il était vraiment à bout de forces. Si sa tête voulait, son corps, lui, ne suivait plus. Les deux enfants commencèrent à couler. Un œil sur Lili, Tana réalisa avec effroi que ce trou d'eau serait à jamais leur sépulture.

Hein ? Quoi ?

Il avait heurté quelque chose. Le fond était pourtant bien plus bas.

Mais qu'est-ce que…

Cette chose le poussait vers le haut, à présent. Sous ses palmes, il ne vit pourtant rien d'autre qu'un grouillement de bulles.

« Ah, de l'air ! » s'exclama-t-il lorsqu'il se rendit compte qu'il venait d'émerger.

Il releva son masque, inspira fortement par la

bouche et maintint la tête de Lili hors de l'eau.

« Lili ! Eh, Lili ! » cria-t-il en la secouant énergiquement.

Pas de réaction.

« Lili ! Oh, tu m'entends ? »

La petite fille ne revenait toujours pas à elle. Son cœur battait faiblement et au rythme inquiétant d'une pulsation toutes les cinq secondes.

« Liliiiiiiiii ! » hurla Tana tel un dément.

En vain. Inspirant jusqu'à l'extrême limite, il s'apprêtait à lui faire le bouche à bouche.

Soudain, un filet d'eau jaillit entre les lèvres de la fillette.

« Lili ? »

Elle se mit à tousser, doucement, d'abord, puis de plus en plus fort. Un jet d'eau beaucoup plus gros aspergea le visage de Tana.

« Génial ! s'exclama-t-il en serrant Lili contre lui.

— Tana ! fit-elle avec un sourire hébété. Que s'est-il passé ?

— Ben... On nageait dans le lac Vaihiria. Un courant très fort nous a entraînés jusqu'ici. Puis je t'ai vue, immobile au fond de l'eau... Oh, mais que je suis heureux : tu ne peux pas t'imaginer.

— Tu m'as sauvée, dit Lili, émue.

— Rectification : quelque chose nous a sauvés ! Mais reprends ton souffle et repose-toi : tu en as bien besoin. »

Lili respira profondément.

« J'ai froid, dit-elle d'une voix tremblante. J'ai l'impression d'être un glaçon dans un énorme verre. Brrr ! Je n'arriverai pas à me maintenir bien longtemps à la surface. Il... il faut vite sortir d'ici.

— Agite les jambes, cela te réchauffera un peu. Pendant ce temps, je vais tenter de trouver un passage.

Cette eau vive doit bien continuer à s'écouler ailleurs...

— Tu as raison. Sinon, cette grotte serait totalement inondée. Je... brrr... je vais t'aider...

— Non, laisse ! Ton matériel est au fond, tout cassé. Mais le plus grave, c'est que j'ai perdu la lampe. Si on revoit papa, il sera encore plus en colère que ce que j'avais prévu. »

Sans rien ajouter, Tana remit son masque au verre fendu et son tuba. Puis il parcourut le bassin, plongeant lorsqu'il croyait repérer un passage. Aucun trou n'était assez gros, hélas. Il revint dépité auprès de Lili et, de rage, lança son masque endommagé contre la paroi rocheuse noire.

« Pas de sortie possible », comprit Lili.

Tana fit non de la tête.

« Tss ! Au moins, nous ne mourrons pas de soif avec toute cette eau... C'est déjà une chance qu'elle ne soit pas salée... »

Lili examina les parois cernant le bassin, hautes de plus de dix mètres dans leur partie émergée.

« Et par là, ce n'est même la peine d'y penser.

— Encore heureux que cette grotte soit éclairée », fit naïvement remarquer Tana.

Intriguée, Lili leva un peu plus la tête. La voûte grouillait de milliers de points lumineux.

« Là-haut, indiqua-t-elle, yeux écarquillés. Ces... euh... ces trucs illuminent la grotte.

— Eh, dis, s'alarma Tana, j'ai la berlue ou je les ai vus bouger ? »

Lili regarda attentivement.

« Non, non, tu as raison : ils bougent. »

Tana blêmit de terreur.

« On dirait que le plafond respire. Lili, nous avons été avalés par un monstre ; nous sommes dans son ventre. »

Lili haussa les épaules.

« Je crois savoir. Ce sont de minuscules araignées fluorescentes.

— Des araignées ? Tu rigoles ?

— Non, pas du tout ! Ce sont bien des araignées.

— Elles… elles pourraient nous tomber dessus et nous dévorer…

— Mais non. Elles sont totalement inoffensives.

— Comment le sais-tu ? demanda Tana, pas très convaincu.

— Je l'ai lu dans un livre de papa. Ces petites bêtes vivent dans les grottes de Waïtomo, en Nouvelle-Zélande…

— Et ici aussi ! Ce serait une bonne information pour les parents.

— Oui, c'est vrai. Ils vont en faire une tête quand on va leur apprendre ça. Et puis il y a tous ces magazines à qui je p…

— J'ai dit : ce serait, rappela Tana, l'air embarrassé, parce que, vois-tu, j'ai comme l'impression que nous sommes coincés ici.

— Coin… coin… coincés ?

— Regarde, fit Tana en désignant la cascade jaillissant de la paroi et alimentant le bassin, c'est par là qu'on est venus. On ne pourra jamais remonter le courant qui nous a conduits ici. »

Ils se regardèrent, l'air désemparé.

« Je regrette de t'avoir entraîné ici, sanglota Lili. En plus, les parents doivent nous chercher. »

Machinalement, Tana regarda encore les araignées sur la voûte.

« Attends ! s'exclama-t-il, l'index pointé vers le haut. Il se passe encore un truc bizarre. »

Lili, éberluée, constata que les araignées convergeaient toutes vers un même point. Elle nagea à reculons afin de mieux voir et découvrit le renfoncement qu'elles éclairaient. Situé à dix mètres au-dessus de l'eau, il semblait se prolonger dans la paroi.

« Ça alors ! laissa échapper Lili. On dirait que les araignées nous indiquent la sortie.

— Ah, tu remarques enfin quelque chose d'anormal. Moi, ça n'arrête pas depuis ce matin.

— Mais comment allons-nous monter ? s'interrogea Lili, plus pragmatique.

— Regarde ces entailles et ces bosses, là, juste au-dessus ! On jurerait qu'elles ont été faites pour que tu puisses y poser tes mains et tes pieds.

— Pour y poser mes mains et mes pieds, il faudrait que je puisse les atteindre.

— Bien ! Avant tout, enlevons nos palmes et laissons-les dans ce bassin : elles sont inutiles et encombrantes, à présent. »

Lili s'exécuta puis regarda distraitement couler ses palmes et celles de son frère.

« Monte sur mes épaules, proposa celui-ci. Après, à toi de jouer !

— D'accord, allons-y ! »

Lili posa les pieds sur les épaules de Tana, qui s'enfonça peu à peu dans l'eau.

« Tu as l'air mince, fit-il remarquer, mais, en fait, tu dois peser aussi… pff… aussi lourd qu'un hippo… gloub… hippopotame… Fais vite… gloub… Tu me fais coul… Bleblob-blob… »

Subitement plus léger, Tana put remonter et respirer.

« Super ! s'exclama-t-il en découvrant Lili au-dessus de lui. Là, à gauche, tu as une bonne prise… Voi-là… Reviens à droite, maintenant… Bravo, tu es une vraie alpiniste… »

Lili jeta un regard furtif en contrebas.

« Oh que c'est haut. Tana… Je ne me sens pas bien,

d'un seul coup... »

Blottie contre la paroi tel un poussin contre sa mère, elle n'osait plus faire le moindre geste.

« Surtout, ne me regarde pas, conseilla Tana, ne regarde pas sous tes pieds !

— Y a pas de danger, bégaya Lili, toute pétrifiée.

— Regarde au-dessus de toi ! Les appuis sont bien meilleurs. Tu as fait le plus gros, crois-moi... »

Risquant un œil, Lili constata que son frère disait vrai et se sentit capable de poursuivre sa petite escalade.

— Je ne regrette pas que tu sois venu, confia-t-elle en se hissant dans le renfoncement. Je dois admettre que tu amènes un petit plus à cette expédition.

— Je suis content que tu l'aies noté aussi, grogna Tana.

— Allez, à toi ! annonça Lili, à nouveau souriante. Méfie-toi : ça glisse.

— Ne t'inquiète pas, assura Tana en entamant l'escalade. Pour moi, c'est un jeu d'enfant. »

Il grimpa vite, telle une araignée, si bien qu'il fut à mi-parcours en deux fois moins de temps que sa sœur.

« Attention, le prévint celle-ci, ne pose pas le pied là ! »

Trop tard. Le pied droit de Tana patina et se retrouva dans le vide. Basculant à la renverse, le jeune garçon échoua de nouveau dans le bassin.

« *Pour moi, c'est un jeu d'enfant,* se moqua Lili lorsqu'elle le vit émerger. Ha, ha, ha, laisse-moi rire !

— Ça va, ça va », grommela Tana.

Plus lentement, cette fois, il réussit à rejoindre sa sœur, qui se retenait de rire. Pendant ce temps, les araignées avaient toutes regagné leurs places.

« Il y a bien un passage, confirma Lili, mais il va falloir ramper.

— Eh bien, allons-y, dit Tana en s'engageant à

quatre pattes le premier. J'ai hâte de sortir d'ici.

— On n'y voit rien, nota Lili, juste derrière lui. J'espère que ça ne grouille pas de bestioles. »

Tana évaluait le relief en balayant régulièrement l'espace avec les mains.

« Pas de petites bêtes, assura-t-il, et le plafond est de plus en plus haut. On peut se redresser et marcher.

— Tu sens sous nos pieds ? demanda Lili. Le couloir descend.

— Chut, tais-toi ! J'entends quelque chose. »

La jeune fille tendit l'oreille. Aaaaah… Oooooh… Éééééh… Venant de plus bas, des sons étranges montaient vers eux.

« On dirait des grognements, chuchota Lili en s'immobilisant.

— Oh, que je n'aime pas ça, gémit Tana.

— Chut ! Écoute : on n'entend plus rien. »

Les bruits avaient cessé, en effet.

« Allez, Tana : avance ! »

Plus près l'un de l'autre pour mieux surmonter leur peur, ils parcoururent encore trente mètres.

« Là, en bas, s'exclama Tana, une lumière !

— C'est peut-être la sortie, présuma Lili. De toute façon, c'est le seul chemin.

— Oui, tu as raison. »

Ils se remirent en route à pas de loup, espérant l'un comme l'autre que l'aventure s'arrêterait là.

5
Traque sous le lac

Lili et Tana débouchèrent sur un couloir assez haut et large pour y faire passer un train. La lumière qu'ils avaient aperçue était celle d'une torche se consumant dans la paroi.

« Tu vois ce que je vois ? demanda Tana, le visage illuminé par la flamme.

— Ouais ! Il y a des gens ici. Nous sommes sauvés.

— Attends ! Nous sommes nés ici, d'accord ? »

Lili acquiesça.

« Tu savais, toi, qu'il y avait un labyrinthe sous le lac Vaihiria ? poursuivit Tana. Des grottes occupées, que l'on vient visiter du monde entier ?

— Tu as raison : ce n'est pas normal. C'est peut-être un repaire de pirates. Tu sais, comme ceux qui attaquent les bateaux. Papa en parle, parfois… »

Tana passa la main sur la paroi, aussi noire que celle de la grotte aux araignées.

« Eh bien, ils ont le moral, tes pirates. Brrrr ! Que cet endroit est sinistre.

— De la roche basaltique, nota Lili. Nous sommes sûrement sous le volcan.

— Le volcan ? s'inquiéta son frère.

— Rassure-toi, grand froussard. Il est éteint depuis des siècles.

— Papa a dit qu'un volcan n'est jamais complètement éteint, rectifia Tana, effrayé à l'idée de finir grillé comme un poulet.

— Celui-ci fait partie des plus endormis de toute la Terre, s'irrita Lili. Crois-moi, va : il n'est pas près de se réveiller.

— Eh bien, moi, je ne veux pas déranger le volcan et ceux qui le fréquentent. Il faut trouver la sortie sans se faire voir. »L'air hésitant, il examina le couloir. D'un côté de la torche, celui-ci montait, de l'autre, il descendait.

« Hum, à ton avis ?

— On monte, gros balourd, se gaussa Lili. Il faut toujours monter pour aller vers la surface. »

D'un pas soutenu, ils gravirent le couloir et comptèrent quatre nouvelles torches, une tous les vingt mètres environ. À la cinquième et dernière, le chemin était bouché par une muraille de basalte.

« Un cul-de-sac », soupira Tana.

Il se tourna vers Lili, qui cherchait une issue.

« J'ai trouvé, murmura celle-ci en s'enfonçant tel un crabe dans une fissure entre la paroi de gauche et la muraille.

— Bien joué », reconnut Tana en l'imitant. Ils avancèrent ainsi pendant quelques secondes puis pénétrèrent dans une salle à la lumière blafarde.

« Il y a quelqu'un », murmura Lili.

À sa droite, trois silhouettes immobiles. S'armant de courage, la fillette s'approcha. Il s'agissait de statues sculptées dans la roche. Une main sur le buste, l'autre tenant une torche, elles étaient aussi hautes et massives que des ours polaires dressés sur leurs pattes.

« Ouah, ces tikis, s'exclama Lili. Si j'avais encore l'appareil photo…

— Mais je rêve, soupira Tana. Elle pense encore à faire des photos. »

Les trois statues situées de son côté faisaient face aux trois autres et avaient les mêmes yeux ronds et globuleux.

« Pas bien accueillantes, dit Tana en balayant leurs bouches béantes du regard.

— Parle pour toi, répliqua Lili. Les miennes sourient comme des bienheureuses. »

Habitué depuis quelques heures aux rencontres insolites et aux phénomènes inexplicables, Tana examina les tikis. Bien qu'il le redoutât, un geste suspect de leur part ne l'eût point étonné. Comme ils demeuraient figés, il supposa que le monde autour de lui redevenait enfin normal. En tout cas, il l'espérait de tout cœur.

« Tiens, tiens... » fit soudain Lili.

Tana traversa l'allée pour la rejoindre au pied du dernier tiki. Elle avait découvert un coquillage aussi gros qu'un ballon de football.

« Une conque ! s'exclama Tana, l'air songeur.

— Nos ancêtres maoris soufflaient dedans pour donner l'alerte ou annoncer un événement, fit remarquer Lili.

— Elle doit avoir la même utilité ici, présuma Tana. Bon, allez, cessons de jouer aux archéologues et trouvons une sortie ! »

Il scruta la salle : longue comme un court de tennis, elle était aussi deux fois plus haute et plus large que le couloir aux cinq torches.

Soudain, un bruit inquiétant stoppa les enfants comme dans un arrêt sur image.

« Quelqu'un déplace une grosse pierre, fit observer Tana. Cachons-nous ! »

Aussi inquiets l'un que l'autre, ils se tapirent contre le flanc d'une statue. Terrée derrière son frère, Lili ferma les yeux et retint son souffle.

Accompagnées par des bruits de pas sur le sol caillouteux, deux voix d'hommes résonnaient sur les parois. Lili et Tana reconnurent tout de suite la langue tahitienne.

Bientôt, deux Polynésiens côte à côte passèrent devant eux. Ils portaient un pagne taillé dans du tissu en fibre d'écorce et avaient paré leurs mollets et leurs épaules de fines lanières végétales. De la tête à leurs pieds nus, des tatouages traditionnels leur couvraient le corps.

Risquant un œil par-dessus l'épaule de son frère, Lili constata que l'un des hommes était armé d'un long javelot et l'autre d'un casse-tête au manche en bois sculpté et à la pierre longue et tranchante. Saisie de terreur, elle baissa la tête.

« Ils sont partis par la fissure dans la muraille, murmura Tana. Tu as vu comme ils avaient l'air méchants ?

— Ne m'en parle pas ! J'ai cru que j'allais m'évanouir. Et d'abord, pourquoi portent-ils le pagne en tapa traditionnel ? Tous ces tatouages… ces parures… comme nos ancêtres…

— Je n'en sais rien. C'est vraiment étrange.

— Il s'agit peut-être d'un groupe de danse folklorique, suggéra Lili en faisant claquer ses doigts, l'air enthousiaste, ou d'acteurs tournant dans un film…

— Tu en connais beaucoup, toi, des groupes de danse folklorique qui se cachent sous les lacs pour répéter ? »

Lili fit non en secouant la tête.

« Et s'ils tournaient un film, ajouta son frère, la télé en aurait parlé… Encore que… pour tourner un film, il faut savoir qu'il y a des grottes sous ce lac. »

Il réfléchit en se caressant le menton.

« Je ne sais pas ce qu'ils manigancent, et ça m'est égal. Viens, continuons de monter ! Je suis sûr que tôt ou tard, nous nous retrouverons dehors.

— Tant pis pour mon reportage sur les oreilles ! Sors-nous vite d'ici, frangin ! »

Ils entrèrent dans un petit vestibule plongé dans l'obscurité. Tana devina un escalier aux marches en pierre très étroites.

« Allons-y ! Tu me suis toujours, Lili ?

— Oui ! Je suis juste derrière toi. »

Tana sentit quelque chose de dur bloquant le passage au-dessus de sa tête.

« Une grosse pierre ! C'est elle que les types ont déplacée. Malheureusement, ils l'ont remise.

— Tu vas pouvoir la soulever ? s'angoissa Lili.

— Je vais essayer, dit Tana en posant les paumes de ses mains sous l'obstacle. Aaaaah… C'est dur… Ouh… Eh, mais ça y est : elle bouge. »

Glissant ses doigts dans l'espace ainsi dégagé, il poussa la pierre de toutes ses forces.

« Tu peux monter, Lili, annonça-t-il un instant plus tard. Tiens, prends ma main ! »

Il la hissa sans difficulté dans un couloir de roche basaltique légèrement en pente.

« Tu m'épates, avoua Lili lorsqu'elle découvrit la grosse et lourde pierre.

— Moi aussi, je m'épate, mais viens, continuons : j'ai l'impression qu'il va nous falloir monter encore un bon moment. »

Heureuse de pouvoir enfin s'en aller, Lili emboîta le pas de son frère. Leur progression était facilitée par des torches, toujours présentes sur les parois.

« Stop ! murmura soudain Tana en barrant la route avec son bras.

— Qu'est-ce qu'il… »

Tana poussa Lili sur le côté et la plaqua contre un talus rocailleux.

« Deux gardes ! Je me disais aussi : c'était trop beau de pouvoir s'en aller aussi facilement. »

Jetant un regard prudent par-dessus le talus, Lili découvrit une galerie. Assises, un javelot à la main, sur de gros éboulis de roche, deux silhouettes baignaient dans le clair-obscur des torches. Soudain, l'une d'elles se dressa sur ses jambes, ramena ses longs cheveux en arrière et scruta les environs.

Craignant d'avoir été repérée, Lili demeurait immobile tel un caméléon en plein exercice de camouflage.

« Baisse-toi ! grogna doucement Tana.

— Tu crois qu'il m'a vue ? demanda Lili en s'exécutant.

— Je n'en sais rien. Je vais voir… »

Le chevelu s'était rassis.

« Fausse alerte, dit Tana. À mon avis, il avait besoin de se dégourdir les jambes.

— Les guerriers qu'on a vus en bas devaient monter la garde, eux aussi, déduisit Lili. C'est le tour de ces deux-là, à présent.

— Dire que l'extérieur est sûrement là, juste derrière ces guetteurs… Mais que faire contre des adultes, surtout s'ils sont armés ?

— Et s'ils étaient pacifiques ? Nous pourrions leur raconter ce qui nous est arrivé et ils nous laisseraient peut-être partir.

— Les gens pacifiques ne montent pas une garde armée, rétorqua Tana. Non, cet endroit est super louche. Retournons à la première torche : il y a certainement une autre issue. »

Hélas, son pied droit ripa, faisant dévaler des dizaines de cailloux.

Alerté, le chevelu se releva et secoua son compère assoupi, un homme de taille moyenne mais musclé comme un culturiste.

« Eh, Raïvaru, lève-toi en vitesse !

— Ils nous ont vus, cria Tana, paniqué par la tournure de l'expédition. Cours, Lili, cours ! »

Les guetteurs se mirent à sauter de rocher en rocher.

Sans se retourner une seule fois, les cris encore lointains de leurs poursuivants se répercutant sur les parois, Lili et Tana se précipitèrent vers la salle aux tikis.

Heureusement, la grosse pierre n'avait pas été remise en place depuis leur passage. S'insinuant dans l'espace laissé, ils descendirent quatre à quatre les marches du petit renfoncement puis traversèrent en un éclair la salle aux statues et la faille la reliant au couloir.

« Tu entends ? » demanda Tana lorsqu'ils dépassèrent la troisième torche.

Tout en courant, Lili tendit l'oreille.

« On dirait une corne de brume…

— Ils appellent leurs copains pour qu'ils viennent leur prêter main forte. »

Raïvaru, soufflant dans la conque saisie au passage, et le garde aux longs cheveux surgirent de la salle aux tikis.

Frissonnant mais courageux, Tana prit sa sœur par la main et courut encore plus vite. Arrivés à la première torche, ils poursuivirent leur descente.

« J'avais comme un pressentiment, fit observer Tana, le visage fréquemment éclairé par les nouvelles torches qu'ils dépassaient. Nous aurions dû prendre cette direction dès notre sortie du bassin aux araignées. »

À présent, des cris répondaient à l'inquiétante musique. Du haut comme du bas, des ombres allongées par la lumière des flammes rejoignaient déjà les petits fuyards. En haut, les deux sentinelles les empêchaient de remonter. En bas, les hommes rameutés bloquaient l'autre issue.

« Nous sommes cernés, réalisa Tana.

— On va mourir », gémit Lili, tremblante comme une feuille.

Bien qu'armés de javelots, de frondes et de casse-tête, les guerriers se tenaient à distance des intrus.

« Essayons de parlementer, proposa Tana en avançant d'un pas. C'est notre seule chance. »

Se méprenant sur ses intentions, la sentinelle chevelue brandit son javelot.

« Non ! » s'écria Lili alors que l'arme sifflait déjà dans les airs.

Trop tard : sous ses yeux terrifiés, Tana, mains sur le poitrail, allait être transpercé. Mais soudain, à moins d'un mètre de sa cible, le javelot changea de trajectoire et alla se briser sur la paroi.

Lili était aussi stupéfaite que les guerriers, qui reculaient l'un après l'autre. Soudain, elle remarqua une fissure dans la roche, assez large pour s'y introduire. En s'approchant, elle y découvrit même un escalier.

« Ici, Tana ! » cria-t-elle, devant les guerriers déconcertés.

Ils dévalèrent quelques marches puis découvrirent une galerie parsemée de stalactites et de stalagmites longues et torsadées. D'un coup d'œil, ils dénombrèrent à peine trois torches, très espacées les unes des autres. De grandes zones d'ombre donnaient aux stalactites et aux stalagmites l'aspect de créatures monstrueuses.

Lili et Tana échangèrent un regard inquiet.

« C'est le seul chemin, trancha-t-il en s'engageant le premier. Et puis, derrière, ils vont réagir. »

Plus hardi que ses congénères, un costaud à barbichette façon d'Artagnan s'approcha de l'escalier emprunté par les intrus.

« J'ai vu ce qui s'est passé, moi aussi, dit-il en tahitien. C'est bien là un prodige de démon… »

Il se retourna et, brandissant son javelot :

« Mais nous sommes assez nombreux et forts pour en venir à bout, mes frères. »

Les autres guerriers l'approuvèrent et lui emboîtèrent le pas dans l'escalier.

« Tiens, qu'est-ce que je te disais ? » fit observer Tana lorsqu'il les vit débouler en bas des marches.

Même s'ils couraient vite, les deux enfants perdaient du terrain. À présent, ils étaient même à portée de javelot. Sans se retourner, Tana reconnut le sinistre sifflement. Tel un rugbyman, il plaqua Lili au sol et lui évita d'être harponnée. Lorsqu'ils se relevèrent, ils comprirent que tout était fini. Les guerriers arrivaient tel un troupeau de buffles… et leurs javelots étaient prêts à s'envoler. Quelle puissance ils dégageaient ! La terre semblait trembler sous leurs pieds.

« Attention ! » cria subitement le costaud à barbichette, les bras tendus sur les côtés pour stopper les autres guerriers.

À une vingtaine de mètres, l'air interdit, Lili et Tana commençaient à réaliser ce qui se passait. Le sol tremblait réellement, des pans entiers de la voûte se détachaient et s'écrasaient par terre. Lili se voyait déjà ensevelie vivante sous des tonnes de rochers. Subitement, tout s'arrêta. La galerie était noyée dans un nuage de poussière si opaque qu'il paraissait solide.

« Lili ? »

Ni la voix de sa sœur ni celle d'un poursuivant ne se fit entendre. Un moment, Tana imagina avec horreur qu'il était peut-être l'unique survivant du cataclysme.

« Lili ? tenta-t-il encore, un ton plus haut.

— Chut, Tana, conseilla en sourdine la voix de la fillette. Je suis ici, tout près de toi. Je n'ai rien, rassure-toi. »

Le brouillard finit tout de même par se dissiper. À part une petite écorchure sur le front, Lili était en effet saine et sauve. En revanche, une véritable colline d'éboulis les séparait de leurs poursuivants.

Lili fit de gros yeux ronds.

« Mon Dieu ! Tu crois qu'ils sont...

— Attends, l'interrompit Tana, tendant l'oreille. Je crois que j'entends parler, là, derrière... Je ne saisis rien de ce qu'ils disent mais ils sont vivants... Enfin, au moins une partie d'entre eux...

— En tout cas, voilà de quoi les retenir un bon moment !

— Oui, c'est bien, mais viens : nous ne sommes pas encore tirés d'affaire. Nos poursuivants sont tenaces et les secousses peuvent recommencer. »

Lili suivit Tana.

« Heureusement que c'est *le plus endormi de tous les volcans de la terre,* pouffa celui-ci. Il ne manque plus qu'une éruption accompagnée d'écoulements de lave et tout sera parfait. »

Une ramification d'étroits et sombres couloirs se présenta au bout de la galerie.

« Par où ? demanda Lili devant cette multitude de passages.

— Par là », dit Tana en se lançant dans un couloir.

Lili fit de même sans hésiter. Flac-floc, flac-floc : de l'eau coulait sous ses pieds.

« Un ruisseau, déplora-t-elle. Il doit grouiller de sales petites bêtes. »

La colline d'éboulis grouillait, quant à elle, de guerriers toujours aussi belliqueux. Courbant l'échine sous la voûte, deux d'entre eux déplacèrent une pierre d'une centaine de kilos. S'infiltrant l'un après l'autre dans le passage, les hommes descendirent vite de l'obstacle et reprirent la poursuite de plus belle.

« Que faisons-nous ? demanda Raïvaru le musclé, au carrefour des chemins.

— Chacun prend un couloir », ordonna le costaud

à barbichette.

Les guerriers s'exécutèrent en hurlant comme des fauves.

Flac-floc, flac-floc, flac-floc.

« Tu entends ? marmonna Lili en pressant le pas.

— Quelqu'un court dans l'eau, fit remarquer son frère.

— Ces enragés ont réussi à franchir le mur d'éboulis.

— L'un d'eux est à nos trousses.

— Tana ? s'angoissa Lili. Tu n'es plus devant moi ?

— Fais quelques pas à droite ! Le ruisseau communique avec un plan d'eau. Fais gaffe : c'est plus profond, là où je suis. »

Lili s'exécuta.

« Ouh, elle est toujours aussi froide.

— Tais-toi et baisse-toi ! ordonna Tana.

De l'eau jusqu'au menton, ils virent arriver leur poursuivant, une torche dans une main, un javelot dans l'autre. Avec son œil blanc certainement crevé, il était sans conteste le plus effrayant de tous. Lorsqu'il regarda dans leur direction, Lili et Tana eurent le réflexe de s'immerger complètement. Alerté par le léger clapotis qu'ils avaient produit, le borgne s'approcha lentement, prêt à lancer son arme.

« Il y a quelqu'un ? demanda-t-il en tahitien. Vous feriez mieux de vous montrer avant que je ne vous trouve. »

Pour inciter Lili à rester sous l'eau, Tana ne lâchait pas son poignet. Il leur fallait tenir sans bouger ni respirer, sous la menace d'une lance pouvant fendre l'eau et les harponner à tout moment. Mais l'air venait à manquer, surtout pour Lili.

Si le guerrier était toujours là, Tana lui sauterait dessus, créant l'effet de surprise, et engagerait un corps à corps avec lui.

Soudain, le borgne regarda sa torche avec stupéfaction : la flamme vacillait malgré l'absence totale de vent. Ignorant ce nouveau phénomène, Lili et Tana remontaient avec une lenteur calculée. La torche s'éteignit à l'instant précis où leurs yeux angoissés émergèrent. Plongé dans le noir total, le guerrier jura puis retourna dans le ruisseau. À la grande joie de Lili et Tana, les flic-flac-floc s'estompèrent en une poignée de secondes.

« Eh, que fais-tu ? s'inquiéta Lili.

— Je nage. Allez, viens ! »

Avec un peu d'appréhension, la fillette suivit son frère dans les eaux sombres et stagnantes.

Toutes les trente secondes, elle l'interpellait… histoire de vérifier s'il était toujours bien à ses côtés.

6
Le grand maraé

Lili et son frère nageaient dans une rivière souterraine étroite et sombre. Dominée par un plafond bas, des parois lisses en guise de berges, elle était en outre plongée dans la pénombre et paraissait interminable.

« Je suis fatiguée et je meurs de froid, avoua Lili. Nous n'avons pas pied et ces murailles de chaque côté nous empêchent de sortir de l'eau.

— C'est vrai que nous sommes dans ce boyau ou je ne sais quoi depuis un bon moment, maintenant… C'est étrange : j'ai l'impression de flotter dans l'espace.

— Moi, cela me fait penser au Styx. Tu sais : l'un des fleuves menant aux Enfers.

— Merci, Lili ! J'étais juste un peu inquiet. À présent, grâce à toi, je suis fou d'angoisse.

— Oh, moi aussi ! J'ai une de ces trouilles.

— Regarde ! s'exclama Tana tandis qu'une lumière très intense apparaissait au loin. Nous sommes peut-être au bout de nos peines, va.

— Tu penses que c'est le soleil ? demanda Lili sans vraiment y croire. L'air libre ?

— Je ne sais pas. En tout cas, on y voit déjà mieux. »

La rivière allait en s'élargissant.

« C'est l'embouchure, pensa Tana à voix haute. Peut-être que nous sommes parvenus à l'océan… »

Une étendue d'eau trois à quatre fois plus vaste que le lac Vaihiria s'offrait à leurs regards. Ce n'était malheureusement pas le Pacifique, et ils étaient toujours sous terre, dans une galerie gigantesque.

Lili, dépitée, s'arrêta de nager. Soudain, elle parut intriguée.

« C'est vrai qu'on y voit bien. D'où peut bien provenir cette lumière ? »

Tana leva la tête vers la voûte, à une cinquantaine de mètres au-dessus d'eux.

« C'est magnifique, s'exclama-t-il, fasciné. Regarde, Lili, regarde ! »

Les millions de points lumineux s'étalant sur la voûte évoquaient le firmament.

« Les araignées, balbutia Lili. Elles sont là aussi, mais bien plus nombreuses. Quel spectacle ! Je n'ai jamais rien vu d'aussi beau. »

Tana s'éclaircit la gorge.

« Oui ? fit Lili, les yeux levés.

— Euh… Je sais que c'est beau, mais nous ne devons pas nous attarder.

— Oui, c'est juste, dit Lili, sortant brutalement de sa rêverie céleste. Si on parvient à sortir d'ici, ce sera tellement mieux de revoir un véritable ciel étoilé.

— Avant tout, il faut sortir de l'eau… Hum, mauvaise idée, tout compte fait ! Sous l'eau, vite ! »

Des guerriers continuaient la traque dans des pirogues à balancier et sur les rives du lac. Lili fit immersion aussi vite que le bouchon d'une canne à pêche et suivit Tana. Longeant une pente légèrement inclinée, le ventre chatouillé par des algues aux branches vert pâle et à l'aspect gélatineux, les deux enfants s'éloignaient vite du rivage. Plus loin, plus bas, l'eau serait moins limpide, on les repérerait moins facilement.

Brusquement, Tana cessa de nager. Sans savoir comment, il avait senti quelque chose là-haut, en surface. Malgré son besoin de remonter prendre l'air, Lili demeura à ses côtés.

Le jeune géant ne s'était pas trompé : trois pirogues s'approchaient inexorablement. Sans pagayer, les quatre hommes composant chaque équipage scrutaient les eaux sous leur embarcation.

Toujours au même endroit, les yeux levés, Lili et Tana distinguaient maintenant les coques des pirogues. Elles seraient juste au-dessus d'eux dans quelques secondes à peine. Que faire ? Il était trop tard pour fuir, rester sur place semblait encore plus risqué. Incapable de prendre une décision, Tana regarda les algues et pensa :

Si elles étaient plus grandes, elles pourraient nous cacher.

À sa grande stupéfaction et sous le regard incrédule de Lili, les algues se mirent à croître à vue d'œil. Ondulant telles de longues chevelures, elles atteignirent vite la même taille que Tana.

Un vent de panique s'empara des guerriers lorsqu'ils les virent émerger devant leurs pirogues. Poussant des cris épouvantés, ils pagayèrent à contre-sens pour reculer.

Soudain, les algues cessèrent de grandir. Aussi hautes que des arbres, elles formaient une barrière infranchissable tant pour l'équipage isolé que pour les deux autres. Confrontés à ce sortilège, ils maintenaient tous leurs bateaux immobiles.

À l'abri des regards dans une véritable forêt sous-marine, Lili et Tana se dévisageaient, l'air sidéré. Subitement, les algues lâchèrent des millions de particules. Les enfants n'eurent d'autre réaction que de sourire béatement. Attirés par cette nuée extraordinaire, de minuscules poissons translucides survinrent en grand nombre. Après un festin-express, ils se dirigèrent tous vers les eaux profondes. Oubliant qu'ils étaient perdus sous terre et poursuivis par de féroces chasseurs, Lili et Tana les suivirent en ondoyant entre les algues telles des loutres en mer de Cortez. Fait étrange : ils étaient sous l'eau depuis trois minutes mais n'éprouvaient pas le besoin de remonter respirer.

À la surface, les piroguiers regardaient la barrière d'algues d'un air interdit.

« Ça bouge encore », s'écria l'un d'eux.

Cette fois, ils assistèrent au phénomène inverse : les algues rapetissèrent aussi vite qu'elles avaient grandi et leurs particules organiques se volatilisèrent.

« Qu'est-ce qu'on fait ? demanda un autre guerrier quand tout redevint normal.

— On va tout raconter au sorcier, répondit un chef de pirogue. À partir de maintenant, cette histoire le regarde. »

Dans un murmure d'approbation, les rameurs plongèrent leurs pagaies dans l'eau et s'éloignèrent avec soulagement.

Pendant ce temps là, Lili nageait toujours avec insouciance. Le retour à l'état normal fut terrible quand elle réalisa que Tana n'était plus à ses côtés et qu'elle évoluait dans une eau noire comme de l'encre. Prise d'une soudaine angoisse et du besoin de respirer, elle remonta hâtivement à la surface et avala de grandes bouffées d'air.

« Ah… ouh… pff… Tana… »

Elle regarda autour d'elle mais ne vit personne.

« Tana ? »

Pour toute réponse, elle sentit une chose gluante lui frôler le corps.

« Que… qu'est-ce que c'est ? »

Elle avala sa salive car ce n'était pas Tana. Mais que faisait-il ? Où était-il donc passé ?

Soudain, quelque chose émergea près d'elle. Elle eut un mouvement de recul et fit des yeux épouvantés avant de reconnaître son frère.

« Je ne me savais pas si effrayant, dit-il en venant à ses côtés.

— C'est vrai que j'ai eu peur, avoua Lili. Une… une bête m'a touchée. Je veux sortir de l'eau. En tout cas, à l'avenir, je ne bougerai plus du bateau.

— Heureux de te l'entendre dire ! Bon, les piroguiers sont partis : ça nous laisse un peu de ré… »

Il s'interrompit et fit une mine réjouie.

« Tu vois ce que je vois ?

— Oui, confirma Lili, une petite île !

— Allons-y ! On pourra se cacher et se reposer un instant…

— Euh… Tana…

— Oui ?

— Je me sens toute bête de te demander ça… Hum, voilà : est-ce que tu pourrais me donner la main ? J'ai besoin d'être rassurée, tu comprends… »

Elle pensait lui avoir donné une occasion de se moquer d'elle. Contre toute attente, Tana lui sourit affectueusement, lui prit la main et se remit à nager.

« Tu n'as plus peur, ma petite Lili ?

— Plus peur du tout !

— Regarde ! L'eau est à nouveau claire : cela devient moins profond. »

Ils prirent pied sur un lit de galets et sortirent de l'eau côte à côte. L'îlot, dénué de végétation, était constitué de gros rochers.

« C'est marrant, dit Tana en s'approchant prudemment. De loin, j'avais confondu ce truc avec la rocaille. »

Une petite pyramide à degrés occupait le centre de l'île. Chaque niveau était composé de coraux taillés au carré et surmonté de pierres à bout arrondi.

« J'ai déjà vu ce genre d'édifice, fit remarquer Tana. Sur un CD-ROM, je crois…

— Les pyramides de Teotihualcan, au Mexique, et celle de Saqqarah, en Égypte, précisa Lili. Mais là, il s'agit plutôt d'un autel…

— Pour les cérémonies religieuses, compléta son frère, très impressionné.

— Eh oui ! Tu as devant toi la réplique exacte du grand maraé de Mahaïatéa.

— Quelle découverte ! Quand on pense qu'à quelques kilomètres d'ici, l'original a servi à construire des routes et qu'il n'en reste quasiment plus rien. »

Il grimpa sur le premier étage de l'édifice, ce qui fit sursauter Lili.

« Ben… Pourquoi tu me regardes avec des yeux de mérou ? Qu'est-ce que j'ai fait ?

— Tu… tu commets un sacrilège, bégaya Lili. Regarde… là… à tes pieds ! »

Tana se pencha. Les crânes humains alignés à la base du deuxième degré le firent immédiatement sauter du maraé.

« Mais c'est horrible, bafouilla-t-il, le visage blême. Ceux qui nous cherchent viennent ici pour faire des rites anciens ; peut-être même qu'ils sont… qu'ils sont… CANNIBALES.

— On a peut-être affaire aux membres d'une secte, ajouta Lili, tout aussi refroidie. Ils perpétuent les traditions de certains de nos ancêtres, poursuivit-elle en s'asseyant sur une grosse pierre pour ne pas tomber dans les pommes.

— Dans ce cas, nous pourrions bien finir comme victimes sacrificielles, nous aussi. Tu imagines : embrochés comme de vulgaires cochons ?

— Tu es gentil mais je préfère ne pas imaginer », gémit Lili, le front dans les mains.

Tana remarqua une cuvette naturelle au milieu de rochers aussi ronds que les pierres du maraé.

« Cachons-nous ici ! On se repose un instant, bien à l'abri des regards, et on se remet à l'eau.

— Mais… protesta Lili en se relevant. Les bêtes dans le lac…

— Ce sont des POIS-SONS, insista son frère en la conduisant dans le trou. Je tiendrai encore ta main, rassure-toi. Ensuite, nous… »

Il aperçut quelque chose qui l'interrompit.

« Tu as vu une nouvelle horreur ? s'alarma Lili.

— Regarde où je pointe le doigt, là-bas, à dix heures !

— Mince alors ! » s'exclama Lili, l'air interdit.

À trois cents mètres, légèrement à gauche, les parois abruptes faisaient place à une langue de terre noire. De chaque côté d'une petite baie, deux énormes masses sombres se dressaient, taillées dans les rochers.

« J'ignorais qu'il existait d'aussi grands tikis », avoua Lili, fascinée.

Entre les sentinelles de pierre, des fumerolles s'échappaient paisiblement de torches plantées dans le sol et voilaient des huttes constituées de bambous et de feuilles de cocotiers.

Arrimée à un pieu, une pirogue somnolait. Ses deux coques reliées par un pont et ses deux grandes voiles triangulaires rappelèrent à Lili et Tana leur beau catamaran.

De petites ombres s'agitaient dans l'eau, des enfants refusant de quitter leurs jeux et d'obéir à la grande forme qui s'approchait d'eux.

C'était une maman qui avait certainement décrété qu'il était l'heure d'aller se coucher.

D'ailleurs, les huttes se remplissaient et les torches

s'éteignaient doucement.

« Un village lacustre, s'étonna Lili, la mine béate, un village maori traditionnel ! Il est tout petit, il a l'air si calme.

— En tout cas, cela veut dire que ceux qui nous traquent VIVENT ici. Ils n'y viennent pas seulement pour faire des cultes, ils habitent cette grotte.

— Allons à leur rencontre ! Nous nous sommes trompés sur leur compte. C'est vrai, quoi : comment la mort pourrait venir d'un village aussi mignon ?

— Notre présence n'est pas souhaitée, rappela vivement Tana. Ces types veulent notre peau.

— Mais non ! Ils souhaitent garder leur secret, vivre à l'écart du monde. C'est plutôt intéres...

— Oui, bon, ras-le-bol des enquêtes ! Hum, voyons... Nos chers amis doivent dormir, comme tout le monde. Alors, dès que ce village se sera complètement assoupi, nous en profiterons pour nous éclipser.

— Mais enfin, il y aura toujours des gardiens.

— Certainement moins, espéra Tana. Alors, je vais surveiller leur activité. Pendant ce temps, tu n'auras qu'à dormir un peu.

— Non, je veille avec toi.

— Comme tu voudras. »

Tana se mit en poste tel un soldat espionnant les lignes ennemies.

« Quelle journée ! souffla-t-il en s'accoudant sur un rocher qui les cachait, sa sœur et lui. Ça a commencé ce matin, avec le requin baleine. Sans qu'il me parle réellement, j'ai eu l'impression qu'il m'incitait à venir ici.

— Pour y découvrir quelque chose de plus grand que les oreilles, se rappela Lili. Oui, c'est exactement ce que tu as dit.

— En tout cas, maintenant que tu as vu les mêmes choses que moi, tu ne peux plus me traiter de fou ou de rêveur. »

Lili alla s'adosser à un rocher situé de l'autre côté du trou.

« Bah, on peut trouver une explication à tout, répliqua-t-elle en se laissant glisser lentement.

— Ah oui ? réagit Tana en faisant volte-face. Tu peux expliquer la spirale qui s'est formée dans le lac Vaihiria et nous a entraînés dans le bassin aux araignées ? »

Lili était maintenant assise.

« Ce n'était rien d'autre qu'un tourbillon, répondit-elle sur un ton affirmatif. On en trouve de bien plus terribles en Norvège. Là-bas, on les appelle *maelström*. »

Tana fit la moue.

« Bon, admettons. Mais les araignées fluorescentes, tu les as bien vues nous éclairer le renfoncement lorsque nous flottions dans le bassin…

— Simple coïncidence !

— Et la lance qui devait me transpercer, alors ? Tu trouves naturel qu'elle ait décidé d'un seul coup d'aller se planter ailleurs…

— Il peut y avoir un puissant champ magnétique dans ces roches volcaniques ; un peu comme un aimant, tu vois… »

Excédé par l'incrédulité — ou la mauvaise foi — de sa sœur, Tana se prit la tête entre les mains et laissa échapper un long soupir.

« Je peux aussi t'éclairer à propos des algues croissant à vue d'œil », ajouta Lili.

Mais Tana, agacé, se boucha ostensiblement les oreilles, ce qui n'empêcha pas sa sœur de poursuivre :

« Certains végétaux subaquatiques se déploient quand tout va bien et se rétractent quand ils sentent un danger.

— Pense ce que tu veux, dit Tana lorsqu'il comprit qu'elle avait fini. Je suis certain que je ne suis pas venu ici pour rien. Depuis le grand requin, la nature conspire.

Comme toi, j'ai très peur, comme toi, j'ai envie de sortir d'ici. Mais les choses, les animaux, les éléments semblent s'y opposer. Comme je te l'ai dit sur le bateau, nous sommes ici pour découvrir quelque chose de bien plus grand que les oreilles… mais quoi ?

— Ben… La tribu, voyons ! C'est un vrai scoop que nous tenons là.

— Non, dit Tana, l'air préoccupé, je suis sûr qu'il s'agit de tout autre chose…

— Oui mais moi, je pense à papa et maman et je veux m'en aller, soupira Lili, les paupières à moitié closes.

— Moi aussi ! Ils doivent commencer à se faire du souci. Tu as raison : tant pis pour les oreilles et ce que je suis censé découvrir. Nous devons partir d'ici au plus vite.

— Papa, maman, marmonna encore Lili. Je voudrais tellement être avec eux, en ce moment. Je… Oooooaaaaah… »

Elle bâilla une seconde fois, encore plus longuement. Puis elle balbutia deux ou trois mots incohérents et finit par s'endormir.

Ému, Tana la regarda un instant.

« Dors bien, petite Lili ! Je suis là : tu ne risques rien. »

En frère aîné digne de ce nom, il reprit vite son poste de guetteur.

L'air déterminé, il se promit de les faire sortir au plus vite de ce labyrinthe.

7
La malédiction de Vaihiria

Une pluie battante cachant le paysage tombait depuis plus de deux heures.

« Ho-hoooooo ! entendit M. Sleg alors que ses compagnons et lui, à des intervalles d'une vingtaine de mètres, fouillaient frénétiquement la forêt de châtaigniers tahitiens.

— C'est la voix de Moétia, indiqua-t-il. Elle est en bas, près du lac. »

Sans demander plus de précision, Aline et John le suivirent hors de la forêt puis sur la pente broussailleuse.

Aussi trempée qu'eux, sacs à dos et vêtements des enfants à ses pieds, Moétia se tenait au bord de l'eau.

« Leurs affaires ! s'écria Aline.

— Ils sont allés nager…, déduisit John, sans… sans nous prévenir…

— La pluie les a surpris, supposa Sleg. À leur place, je serais allé me mettre à l'abri sur la berge la plus proche.

— Ils nagent peut-être encore, fit observer Aline en soupirant. J'espère qu'il ne leur est rien arrivé. Lili ! Tana ! »

Au paroxysme de l'inquiétude, John se mit à longer

la berge, appelant et tentant d'apercevoir ses enfants.

« Liliiiiiiii ! Tanaaaaaaaaa ! »

Soudain, Aline croisa le regard désespéré de Moétia. À l'idée qu'elle vivait peut-être le même cauchemar que Mme Sleg, douze ans plus tard, elle plaça les mains devant la bouche et fit de gros yeux ronds.

« Ce n'est pas vrai, gémit Moétia. Ça ne va pas recommencer... Ce lac est maudit, il attire les enfants pour nous les prendre...

— Calme-toi, Moétia, lui dit son mari. Je... »

Il nota la présence de John, revenu auprès d'eux.

« Je crois qu'il faut tout de suite appeler les secours », poursuivit-il en sortant son téléphone portable.

Aline et John, l'air abasourdi, acquiescèrent d'un hochement de tête. Minés par l'angoisse, ils regardèrent l'éditeur composer un numéro puis parler à son correspondant.

« Les gendarmes seront là dans un quart d'heure, annonça M. Sleg en glissant le portable dans une poche de son pantalon.

— Merci, Bob, dit John, reprenant le dessus, mais il faut commencer les recherches dès maintenant.

— D'accord, dispersons-nous, proposa l'éditeur. Je vais vers l'usine hydroélectrique, Aline, vous pouvez chercher près du cratère. Moétia, conduis John à la barque ! Allez voir sur la rive d'en face ! Dans un quart d'heure, je reviens ici à la rencontre des gendarmes.

— Très bien », approuva John.

Et chaque groupe de partir aussitôt dans sa direction.

Revenu le premier, un quart d'heure plus tard, M. Sleg scruta les alentours. Il espérait que les gendarmes ne tarderaient pas.

Une silhouette imprécise, venant vers lui, se matérialisa dans les murs de pluie.

« John, Moétia ? s'exclama-t-il, la voix tremblante. C'est vous ? »

Un grondement sourd, qui semblait provenir de la chose, provoqua en lui un mouvement de recul. Il sourit lorsqu'il réalisa que ce n'était que le tonnerre et qu'il aperçut Moétia et John.

« Alors ? demanda-t-il en les aidant à hisser la vieille barque en bois sur la terre ferme. Les… les enfants ne sont pas avec vous ?

— Non, confirma Moétia, l'air désespéré. On a appelé le long de l'autre rive, mais… »

Elle éclata en sanglots. John, la gorge nouée, se tordait machinalement les doigts.

Deux hommes couverts de cirés noirs accoururent dans leur direction.

« Les gendarmes, s'exclama Sleg. Salut, Tony, bonjour, adjudant Mariani ! J'ai eu de la peine à vous reconnaître, avec votre tenue de pluie.

— Salut, Bob, bonjour, Moétia ! dit l'adjudant, un homme à la moustache épaisse et aux yeux bleus.

— Je vous présente John Koki, le père des enfants, dit l'éditeur.

— Bonjour, fit l'adjudant. Depuis combien de temps vos enfants ont disparu ?

— Ils jouaient dans le jardin, expliqua John. On s'est aperçus de leur absence vers trois heures de l'après-midi, et il est six heures. »

Tony, un Tahitien d'une trentaine d'années au visage couvert de grains de beauté, semblait plongé en lui-même.

« Ils ont donc pu disparaître avant trois heures, supposa-t-il. Où avez-vous trouvé leurs affaires ?

— Ici, dit John. Voyez : leurs vêtements et leurs sacs sont toujours là.

— Alors, c'est qu'ils ont plongé, présuma l'adjudant.

Il faut appeler les plongeurs, avec le zodiac et des torches. Avec cette pluie qui redouble, ce ne sera pas simple. »

Loin d'être inactif, Tony composait déjà le numéro des secours maritimes.

« Appelez toutes les personnes que vous connaissez et qui peuvent nous aider ! termina l'adjudant à l'adresse des Sleg et de John.

— Et Aline ? réagit brusquement ce dernier. Elle aurait déjà dû revenir. Aline, Aline, poursuivit-il, regardant partout, la respiration oppressée. Aline, tu m'entends ? »

L'adjudant comprit que l'ami des Sleg cédait à la panique.

« Reste là pour organiser les secours, glissa-t-il à Tony, en ligne avec ses collègues.

— À vos ordres, mon adjudant, affirma le gendarme avant de reprendre sa communication.

— Où est partie votre femme ? » demanda l'officier en s'approchant de John.

Devant l'incapacité de celui-ci à répondre, il se tourna vers Bob.

« Elle est partie chercher vers le cratère, indiqua l'éditeur.

— Allons-y ! » dit Mariani, très déterminé.

À l'exception de Tony, toujours au téléphone, tout le monde suivit l'adjudant vers les falaises du cratère central.

Pendant ces événements, Aline, à présent trempée jusqu'aux os, arpentait les bords du lac en appelant à s'en rendre aphone. Bientôt, les falaises l'obligèrent à faire demi-tour. Elle était désespérée, les torrents de larmes coulant sur ses joues se confondaient avec les gouttes de pluie.

« Tout ça pour cette fichue encyclopédie, pestaitelle en donnant des coups de pied aux plantes et aux cailloux de la berge. Mais pourquoi ne les ai-je pas surveillés ? Pourquoi ? »

Elle leva les yeux au ciel avec un air de reproche. Afin de ne pas refaire le même chemin en sens inverse, elle s'éloigna un peu du lac et gravit la pente.

« Liliiiiiiiiiiii ! Tanaaaaaaaaaa ! »

Indifférente à l'orage pourtant de plus en plus fort, elle inspectait le moindre buisson, sous lequel ses enfants auraient pu se terrer en attendant une accalmie.

Un peu plus haut, elle pénétra dans la forêt des gros châtaigniers tahitiens. La pluie tombait là aussi, mais avec moins d'intensité, à cause du couvert des arbres.

« Liliii ! Tanaaa ! »

Sa détresse et la marche sous la pluie l'avaient épuisée. Elle ne pensait qu'à ses enfants, désormais ; elle avait même oublié John et les autres.

« Jamais, s'entendit-elle prononcer, je ne les reverrai jamais. »

Anéantie, elle se laissa tomber sur les genoux et baissa la tête. Elle resta dans cette position, sans faire un geste, à l'image d'une poupée à qui on a enlevé les piles.

Brusquement, un éclair aveuglant illumina le sous-bois.

Quand elle releva la tête, Aline entendit retentir le tonnerre et vit la cime foudroyée du mapé au-dessus d'elle.

« Ah, mon Dieu, non ! » eut-elle le temps de s'écrier lorsqu'une branche se détacha puis tomba du gros arbre.

Touchée au front, elle s'écroula sur le sol trempé.

Quelques minutes s'écoulèrent. La pluie, les éclairs et le bruit du tonnerre ne parvenaient pas à la ranimer.

Soudain, elle sentit des mains saisir ses poignets. Rêvait-elle ? Son état la faisait-elle délirer ? Elle glissait à présent, le dos contre le sol. On la tirait par les bras. Incapable de réagir, elle comprit néanmoins que ce qu'elle vivait était bien réel.

Sous la pluie diluvienne, une ombre fantomatique l'entraînait au plus profond de la forêt.

8
Vent de panique sur l'île tabou

Succombant à la fatigue, Tana s'était lui aussi assoupi. Des clapotis de plus en plus en fort lui firent ouvrir un œil. Puis il ouvrit l'autre œil et bâilla sans faire de bruit. À présent bien réveillé, il reconnut le bruit de pagaies que l'on plonge dans l'eau.

Entre les rochers entourant leur petit refuge, il vit une pirogue à balancier voguant silencieusement sur le lac.

« Aïe, elle vient par ici », se dit-il en mordillant sa lèvre inférieure.

La pirogue accosta l'îlot. Trois hommes en débarquèrent.

« Réveille-toi, Lili, murmura Tana en secouant un peu l'endormie.

— Rrrrr-zzzzz, répondit-elle, paupières closes, le sourire aux lèvres.

— Rrrrr-zzzzz ? Mais non, pas Rrrrr-zzzzz ! Allez, debout ! »

Il la secoua plus énergiquement.

« Oh, non, protesta Lili en s'étirant, je viens à peine de… »

Tana lui ferma la bouche du plat de la main.

« Chut ! lui susurra-t-il à l'oreille. Regarde ! »

Il lui plaça le visage en direction des nouveaux venus. Debout près de la pirogue, deux guerriers bâtis comme des gladiateurs remettaient un large bol en bois gravé au troisième homme.

Tana détailla particulièrement ce dernier.

« Tu as vu ce type ? »

Lili hocha la tête et regarda attentivement le personnage. Sa longue tunique couverte de motifs peints et sa haute coiffure ornée de plumes blanches et de nacre étaient l'apanage d'un homme important.

« Un… un sorcier… un tata… un tahua… bégaya Lili. Tu… tu crois qu'il sait qu'on est ici ?

— Je ne sais pas. Et ne compte pas sur moi pour lui dire « Coucou, nous sommes là ! » et aller me précipiter dans ses bras.

— Ce qui m'intrigue, c'est ce qu'il compte faire avec son umété. »

Le sorcier s'éloigna des guerriers. Arrivé devant le maraé, il s'agenouilla sur les galets, le bol gravé nommé umété entre les mains.

« Ô sublime Oro, invoqua-t-il en tahitien, continue à nous préserver de ceux du dehors… »

Se sentant concernée, Lili avala le peu de salive qui lui restait.

« Je me disais bien qu'ils n'avaient pas l'intention d'ouvrir un parc d'attractions, grimaça Tana.

— Grâce à toi, poursuivit le sorcier, nous sommes heureux ici, avec les oreilles et les lumineuses. Maintenant, ô grand Oro, que les esprits de nos ancêtres m'instruisent ; non pour ma gloire mais pour le bien de notre tribu. »

Le sorcier porta l'umété à ses lèvres et, lentement, en vida le contenu.

« Il boit le kava rituel, expliqua Lili, qui ne perdait rien du spectacle depuis la cachette. C'est plus puissant que le maï taï, ce truc. Il va bientôt être en transe…

— Et ses ancêtres disparus vont lui parler », déduisit Tana.

Soudain, le sorcier fut effectivement pris de convulsions. Simultanément, un vent glacé souffla sur le maraé, soulevant dans les airs les crânes humains qui s'y trouvaient. Tourbillonnant, virevoltant, le vent gagna toute la surface de l'îlot. Les cheveux de Lili se dressèrent en l'air.

« Qu'est-ce que c'est que ce vent ? dit-elle en les rabaissant avec peine. Nous sommes dans une grotte… »

Tana était trop fasciné pour répondre. Le sorcier, dos courbé, posa l'umété.

« Oui, venez, ô glorieux ancêtres ! s'exclama-t-il ensuite en se redressant, bras levés. Éclairez votre serviteur ! »

Près de la pirogue, chancelant sous l'effet du vent, les deux guerriers ne semblaient pas plus rassurés que Lili et Tana. Mais le vent s'estompa en un clin d'œil, et les crânes retombèrent brutalement sur le maraé.

« Il y a quelqu'un ici », s'écria le sorcier en scrutant les moindres recoins de l'îlot.

Lili et Tana échangèrent un regard à la fois stupéfait et angoissé.

Sans parler, l'air menaçant, les pointes acérées de leurs javelots en avant, les guerriers partirent, chacun de son côté.

« Ne bouge pas tout de suite, conseilla Tana. Attends mon signal ! »

Les guerriers avaient déjà fait le tour de la pyramide et se dirigeaient vers la cachette des enfants.

« Il n'y a personne », s'écria l'un d'eux.

Lili et Tana se faufilèrent entre les rochers et ne furent bientôt plus qu'à quelques mètres de l'eau. Mais l'autre guerrier se tenait sur un rocher plat, brandissant son javelot, et barrait le passage.

Lili regarda aussitôt derrière elle. Le premier guerrier les empêchait de rebrousser chemin. Contraints de marcher à reculons, Lili et Tana se virent acculés contre la pyramide, à la merci des deux hommes. Sans violence, ces derniers s'écartèrent afin de laisser passer le sorcier.

Lili et Tana se serrèrent l'un contre l'autre tout en guettant ses moindres gestes. Avec son visage émacié, ses dents jaunes et son regard noir, il était vraiment effrayant.

« Alors, voilà donc nos deux intrus, se réjouit-il en observant une certaine distance entre les enfants et lui. Hum ! Qui êtes-vous ? Que venez-vous faire ici ? Répondez !

— Nous... balbutia Tana. Je... Enfin, voilà : nous... hum-hum... C'est que... »

Les yeux du sorcier plongés dans les siens l'empêchaient de formuler la moindre phrase.

« Vous êtes Tahitiens ? demanda l'homme d'une voix plus douce, comme pour l'inciter à s'exprimer sans crainte.

— Mi-Tahitiens, mi-Hawaïens, rectifia Tana, surpris d'avoir enfin pu sortir des paroles intelligibles.

— Et elle ? C'est ta sœur ?

— Oui, répondit timidement Tana.

— Vous avez bien un nom, ta sœur et toi ?

— Je m'appelle Tana... et elle, c'est Lili.

— Vous n'avez toujours pas répondu à ma question : que faites-vous dans notre domaine ? »

L'attitude agressive des guerriers troubla à nouveau Tana.

« Allons, allons, intervint le sorcier d'un geste de la main, ne soyez pas méchants avec ce grand garçon ! Ce n'est pas grave. Dans un instant, ils parleront. Croyez-moi ! »

D'un autre geste, il désigna la pirogue. Aussitôt, les deux guerriers piquèrent les fesses des enfants avec leurs javelots.

« Eh, doucement, s'écria Tana, forcé d'avancer, ça fait mal. »

Les jambes flageolantes, Lili s'appuya sur lui pour ne pas tomber. Sans ménagement, les guerriers les placèrent à la proue de la pirogue, Lili en tête. Installé entre ses hommes, le sorcier indiqua la direction du village.

Le guerrier assis à la poupe, le seul à pagayer, fit alors glisser la pirogue vers le rivage. Un instant, Tana pensa se jeter à l'eau avec sa sœur. Un nouvel examen du javelot de l'homme derrière lui le fit vite changer d'avis.

Il valait mieux attendre, finalement : au village, on leur laisserait peut-être le temps de s'expliquer.

9
Au bon vouloir de sa majesté

La pirogue emmenant Lili et Tana passait maintenant sous les sentinelles de pierre de la petite baie. De là, elles étaient encore plus impressionnantes. En effet, si elles ressemblaient aux tikis porteurs de torches de la petite salle, elles avaient en revanche une taille d'éléphant et une denture de requin tigre. Ce comité d'accueil n'incitait pas vraiment à faire connaissance avec les autochtones.

Dans la baie, Lili et Tana remarquèrent d'emblée la pirogue de la taille et de la forme de leur catamaran. Seuls les matériaux utilisés étaient différents : le pont reliant les deux coques était en bois et les deux voiles triangulaires en fibres de pandanus. Sur le pont, un petit rouf en bambou et palmes de cocotiers séchées faisait office de poste de commande.

« C'est le pahi, la pirogue royale, commenta le sorcier. C'est justement devant notre roi que nous vous conduisons. »

Lili, l'estomac noué, n'était pas pressée de rencontrer le monarque. Mais ils se rapprochaient de la plage de graviers clairsemée de pirogues et de filets de pêche.

Soudain, le sorcier se pencha. Il souleva une conque du fond de la pirogue et, comme Raïvaru la sentinelle, souffla dedans à pleins poumons.

Des hommes en pagne armés et tatoués accoururent sur la plage. Lili et Tana en reconnurent certains, notamment le costaud à barbichette.

« Aucune femme ! chuchota Lili. Pas d'enfants, pas de vieillards !

— Tu as remarqué comme ces types ont l'air enchantés de nous voir, murmura Tana en balayant du regard leurs visages renfrognés.

— Ouais ! On dirait qu'ils reçoivent la lèpre et la peste.

— Et qui est la peste de nous deux ? lança Tana avec un air malicieux.

— Oh que c'est drôle », soupira Lili.

Pendant qu'ils parlaient, l'homme assis derrière eux avait sauté dans l'eau et hissait la pirogue et ses occupants sur la plage.

Talonnés par les deux guerriers, Lili et Tana suivirent docilement le sorcier.

Après avoir enjambé les chiens, poulets et petits cochons noirs déambulant librement entre les huttes, ils arrivèrent sur une sorte de place publique. En son centre, une statue de pierre dominait les huttes avoisinantes. L'air troublé, Tana arrêta son regard sur sa paire de gros yeux ronds et sa bouche béante.

« Cette statue m'effraie encore plus que les sentinelles de pierre à l'entrée de la baie, confia-t-il à sa sœur. Elle… elle paraît vivante.

— C'est encore un tiki, murmura Lili.

— Justement, comme tous les tikis, il doit être parfois habité par l'un des nombreux dieux maoris.

— Taisez-vous, maintenant, ordonna le sorcier en s'arrêtant devant une hutte plus belle et plus spacieuse que les autres. Vous allez vous expliquer devant notre roi. »

Il dévisagea l'un des deux colosses montant la garde à l'entrée et lança à son adresse :

« Témanihi, va vite lui dire que les intrus sont là !

— Oui, ô grand tahua ! »

Courbant l'échine, Témanihi écarta les longues guirlandes de coquillages faisant office de porte et entra dans la hutte royale. Dès qu'il en sortit, il s'empressa de reprendre sa place auprès de l'autre sentinelle.

Le roi, appelé « arii » par les Tahitiens, sortit à son tour et approcha de Lili et Tana. Il était vêtu comme le sorcier, à ce détail près qu'il portait un maro'ura, ceinture rouge équivalant à une couronne royale. Dans sa main droite, il tenait un sceptre aussi grand que lui, avec un petit tiki en bois en guise de pommeau. Partant de son nez légèrement épaté, des tatouages évoquant des plumes de paon lui couvraient tout le visage.

« Je m'appelle Ori a Ori, se présenta lui-même le maître des lieux. Je suis l'arii de cette tribu. Et vous, qui êtes-vous ?

— Tana Koki, répondit fièrement le fils de John, pour surmonter sa peur. Et elle, c'est Lili, ma petite sœur.

— Pourquoi êtes-vous ici ? demanda le roi. Et comment êtes-vous entrés ?

— On nageait dans le lac pour essayer de trouver les fameuses oreilles, expliqua Tana. Brusquement, on a été entraînés dans un tourbillon…

— Et on a atterri dans une poche d'eau éclairée par des araignées », bafouilla Lili.

Levant les yeux, elle ajouta :

« Les mêmes que celles-ci, ô grand roi !

— Qu'en penses-tu, tahua ? » demanda le roi en se tournant vers son sorcier.

Sans une parole, sans un regard pour ses prisonniers, ce dernier s'approcha d'Ori a Ori et lui susurra quelques mots à l'oreille.

« Mais qu'est-ce qu'il peut bien lui dire ? murmura Tana.

— Sûrement pas le classement de la coupe du monde de ski alpin, dit Lili. En tout cas, je n'aime pas ça. »

Le roi se tourna de nouveau vers eux.

« Mon sorcier m'a parlé avec sagesse. Que tous les membres du conseil me rejoignent après dîner. Nous en discuterons cette nuit même, et je rendrai mon verdict dès demain matin. »

Il dévisagea un homme, paré, comme lui, d'une tunique et d'une coiffure haute.

« Oui, ô sublime Ori a Ori ? fit l'homme dont les innombrables rides et la barbe blanche trahissaient le grand âge.

— En attendant de rejoindre le conseil, je te charge d'isoler les prisonniers dans un faré gardé et de veiller à ce qu'on les restaure.

— Bien, ô mon roi ! Je ferai selon tes désirs. »

Impassible, le monarque tourna les talons et entra dans sa hutte.

« Mais attendez, dit Tana. Vous ne… »

Témanihi et l'autre sentinelle bloquaient le passage.

« Emmenez ces enfants là où habitait Ariipaéa, notre doyen ! ordonna le vieil homme à ses propres gardes, au nombre de deux également. Moi, je vais leur chercher à manger. »

L'un ouvrant la marche, l'autre la fermant, les gardiens conduisirent Lili et Tana devant une hutte minuscule située non loin de la place centrale.

« Entrez là ! aboya l'un d'eux.

— Trop aimable », fit Tana en se glissant dans l'unique ouverture, un simple trou dans de la fibre de bambou tressée.

L'intérieur était tellement sombre que Lili se cogna contre lui.

« Ouille ! C'est toi, Tana ?

— Non, c'est le capitaine Cook. Tu n'aurais pas vu mon bateau, par hasard ?

— Pfff !

— Eh bien, maugréa Tana en tournant comme un fauve en cage, si tous leurs farés sont plongés dans le noir comme celui-là…

— Ils doivent y dormir et basta.

— Qu'ils y fassent ce qu'ils veulent, pesta son frère, de plus en plus irascible, des courses de chevaux, même, s'ils en ont envie. Moi, j'ai faim, alors j'espère que le vieux ne va pas tarder.

— Comment peux-tu penser à manger ? Imagine qu'ils nous sacrifient sur le maraé !

— Tu as raison, se rappela Tana en s'arrêtant net. Tous ces crânes sur l'îlot !

— D'autant qu'ils sont sûrement cannibales, bredouilla Lili.

— Qu'est-ce qui te fait dire ça ?

— Certains d'entre eux nous regardaient avec un air bizarre, un peu comme on regarde des poulets à la broche. On va mourir, Tana.

— Mais non, mais non, tenta de la consoler son frère en la prenant contre lui. N'aie pas… »

Soudain, il sursauta en poussant un cri d'effroi, comme s'il venait de voir le diable en personne. Une silhouette surmontée d'une haute coiffure se tenait dans l'entrée. S'étant habitués à l'obscurité depuis leur arrivée dans la hutte, Lili et Tana reconnurent le vieil homme chargé de s'occuper d'eux.

« Mille excuses si je t'ai fait peur, mon garçon ! dit-il en venant près d'eux avec un plateau en palmes tressées. Bonsoir quand même, les petits ! Ia orana !

— Ia orana, firent ensemble Lili et Tana.

— Je n'ai pas eu le temps de me présenter, continua

le vieillard en posant le plateau par terre. Je me nomme Riro. Je suis le haéré-po du village.

— Le Diseur de la mémoire longue, traduisit Lili. Vous êtes donc celui qui connaît le mieux la tribu et son histoire.

— Oui, confirma Riro. C'est mon travail, ma fonction : je n'ai pas un grand mérite.

— Vous serez nombreux au conseil ? s'empressa de demander Tana.

— Voyons, réfléchit Riro. Outre le roi, il y aura le sorcier, les chefs, les anciens… et votre serviteur. »

Lili, qui s'était abstenue de pleurer jusque-là, éclata brusquement en sanglots.

« Vous avez l'air gentil. S'il vous plaît, ne nous faites pas de mal, laissez-nous repartir chez nos parents !

— Oh oui, gémit Tana. Nous promettons d'oublier votre existence aussitôt que nous serons sortis d'ici.

— Hélas, mes enfants, déplora Riro, le regard vide. Je crois que vous ne pourrez jamais raconter ce que vous avez vu ici.

— Mais de quoi avez-vous peur, à la fin ? s'irrita Lili. Vous cachez un trésor, c'est cela, n'est-ce pas ?

— En quelque sorte », répondit Riro.

Le visage de Tana s'illumina. Il allait peut-être savoir pourquoi des forces étranges l'avaient conduit ici.

« Asseyez-vous ! conseilla Riro. Je vais vous raconter l'histoire de notre tribu. Vous comprendrez mieux après. »

Ils prirent place sur une pile de nattes tressées. Riro s'assit par terre et entama son récit.

« Le peuple tahitien vivait en paix, en harmonie avec la nature. Lorsque les Européens ont débarqué sur l'île, certains de nos ancêtres ont compris que plus rien ne serait jamais comme avant. Guidés par les oreilles, qu'ils considéraient comme les esprits de leurs proches disparus, ils ont quitté le bord de mer et traversé les montagnes.

— Elles ont traversé les montagnes avec eux ? s'étonna Lili.

— Tout à fait, répondit Riro. Elles sont capables de se mouvoir hors de l'eau. Mais quand elles sont arrivées ici, elles ont préféré vivre dans le lac Vaihiria. Et nos ancêtres, sur les bords du lac. Ils sont ainsi devenus des Pi'imato, des montagnards tahitiens. »

Il s'accorda une pause, l'air subitement grave, et poussa un profond soupir.

« Un jour, poursuivit-il, deux de leurs guetteurs ont aperçu des popaa, des Blancs. Toute la tribu s'est réfugiée sous le lac. Grâce à de petites artères venant de la surface et formant de véritables aérations naturelles, elle y a vécu jusqu'à présent, de génération en génération, ne changeant rien à son mode de vie et ne remontant en surface que pour aller chercher fruits, légumes, cochons sauvages…

— Et soleil, compléta Lili. Tout ce qui manque ici, quoi.

— Exact, petite fille ! Notre pigmentation est plus claire que celle des autres Maoris car nous naissons et nous vivons sous terre.

— Et avec les filets, vous attrapez quoi ? demanda Lili, intriguée.

— Le lac est poissonneux, mais nous aimons surtout les nato, de délicieuses perches d'eau douce. C'est d'ailleurs ce que je vous ai apporté, avec aussi quelques bananes.

— Des bananes pour que notre chair ait meilleur goût ? » dit Lili, la voix tremblante.

Riro sourit curieusement, et Tana recracha violemment le morceau de poisson qu'il avait commencé à mâcher.

« Quant aux oreilles, continua Riro, elles ont fini par nous rejoindre. Plus heureuses dans le lac souterrain, elles cohabitent avec nous, comme autrefois. »

Soudain, Tana dévisagea le vieil homme avec des yeux méfiants.

« Quelque chose ne va pas, Tana ? demanda ce dernier.

— Euh... eh bien, ma sœur et moi avons découvert des dizaines de crânes sur le maraé. Vous faites toujours des sacrifices...

— Humains ? sourit le vieux Riro en se levant. Nos ancêtres l'ont fait, certes. Personnellement, je n'en ai jamais vu.

— Cela signifie que vous n'en faites plus, déduisit Lili sans en être réellement persuadée.

— Jusqu'à aujourd'hui, dit Riro en allant vers la sortie. Mais notre roi est seul maître de toutes les décisions. »

Tana, très inquiet, se leva et tenta de rattraper Riro. Obéissant aux ordres, les guerriers postés devant la hutte l'empêchèrent de sortir.

« Tu te rends compte ? dit Lili, debout, en regardant autour d'elle. C'est la première nuit qu'on va passer sans les parents ou les grands-parents.

— Je m'en rends compte, tu peux me croire.

— Avec ceux-là, on ne risque pas de s'échapper, fit observer Lili en désignant les gardiens. Dis, tu crois que nous allons être sacrifiés sur le maraé ?

— Je ne sais pas, avoua Tana en se rasseyant. Tiens, mange un peu : tu as bien besoin de reprendre des forces.

— Pas faim ! »

Tana avala un morceau de banane.

« Pour l'instant, essayons de dormir un peu, conseilla-t-il ensuite. »

Il examina le tas de nattes tressées faisant office de lit.

« Ils savent que nous ne sommes pas habitués à

dormir à la façon de nos ancêtres. Eux, une seule natte leur suffisait.

— Délicate attention, grommela Lili, mais ce n'est pas ce qui va nous rendre la nuit plus agréable. »

Tana soupira et s'étendit.

« Allez, fais comme moi : récupère un peu !

— Oui, tu as raison », dit Lili en s'allongeant à son tour.

Sur le dos, fixant le faîte du toit qu'ils devinaient à peine, ils semblaient aussi contrariés l'un que l'autre.

« Tana ? Tu dors ?

— Oui… enfin, j'essaye…

— D'habitude, tu sombres d'un seul coup, se rappela Lili en se tournant vers son frère.

— Je n'y arrive pas. Pourtant, je suis éreinté. Ah, j'aimerais tellement une longue nuit de sommeil.

— Moi aussi ! Cela m'éviterait de penser. »

Tournant et retournant sur leur « matelas », Lili et Tana revoyaient tantôt les visages de leurs parents, tantôt ceux, beaucoup moins tendres, des hommes qui les avaient traqués.

« Je ne suis pas bien, Tana. Je peux me rapprocher de toi ? »

Tana sourit. Il avait l'impression d'être revenu cinq ans en arrière, quand Lili n'était qu'une petite fille qui avait peur du noir.

« Bon allez, viens !

— Merci, dit-elle d'un sourire apaisé, en se blottissant contre lui.

— Tu sais, confia Tana, j'aimerais beaucoup retrouver Lili, la petite espiègle qui ne se laisse jamais abattre.

— Elle doit te paraître bien loin, j'imagine… »

Tana se mit sur le flanc et la dévisagea sévèrement.

« Écoute, Lili ! On ne peut pas se laisser tuer

comme deux pauvres petits agneaux. On va trouver un moyen de mettre les bouts, tu m'entends ? »

Elle fit oui d'un hochement de tête.

« Et quand nous serons sortis, tu feras le reportage du siècle, poursuivit Tana. Les oreilles seront de la gnognotte comparée à la fabuleuse découverte ethnologique que nous venons de faire. »

Lili fit une mine béate.

« Ton attitude depuis que nous sommes sous le lac… Tu n'avais jamais montré un tel courage auparavant. Je dois reconnaître que tu m'épates. »

Tana fit un sourire mêlé de tendresse et de fierté.

Avec lui comme gros nounours, Lili trouva le sommeil en moins de temps qu'il n'en faut pour compter les doigts d'une main.

Ému, Tana la regarda dormir, comme il l'avait fait sur l'îlot au maraé. Sans lui avoir avoué, il était, lui aussi, content et rassuré de la savoir à ses côtés.

Finalement bercé par le ronronnement qu'elle produisait dans son sommeil, il ferma les paupières sans s'en apercevoir et s'endormit à son tour.

10
Le verdict

Tana n'osa pas réveiller Lili, qui dormait encore comme un nouveau-né. Sans faire de bruit, il sortit de la hutte et, machinalement, regarda en l'air. Quelle étrange sensation : là-haut, il n'y avait ni lune ni soleil, juste les millions d'araignées sur la voûte.

« Bonjour, dit Tana au seul gardien en faction.

— 'Jour, répondit froidement celui-ci.

— Euh… Vous avez une idée de l'heure qu'il peut être ?

— Les cueilleurs viennent de rentrer. Ils ont vu le soleil au zénith.

— Midi, déduisit Tana avec un long soupir. J'aurais bien aimé voir le soleil, moi aussi. Et ce soir, j'aimerais voir un vrai ciel, de vraies étoiles. »

Brusquement, l'autre sentinelle, qui avait momentanément abandonné son poste de garde, arriva tout essoufflée.

« On doit vous conduire au roi, annonça-t-elle sur un ton autoritaire.

— Un instant, s'il vous plaît ! Je vais réveiller ma sœur. »

Tana retourna à l'intérieur et s'accroupit auprès de Lili.

« Lili, oh-oh !

— Hum ! Papa ?

— Non, c'est moi : Tana ! »

Elle claqua des lèvres puis marmonna :

« Le petit-déjeuner est servi ?

— C'est que… il est midi et… euh… nous ne sommes pas sur le bateau. »

Lili releva le buste et regarda fébrilement autour d'elle.

« Oh, mais… Oh, non… Je croyais avoir rêvé tout cela… Je…

— Calme-toi, Lili… Là… Voilà… Tu dois te lever : le roi veut nous voir. Ce n'est pas le genre de personne qu'on fait attendre, tu sais… »

Elle se frotta les yeux, le temps de recouvrer ses esprits.

« Que… que vont-ils nous faire ? bégaya-t-elle, une fois debout.

— Je n'en sais rien. Allez, viens ! »

Et Lili et Tana de sortir de la hutte.

« On vous suit », dit ce dernier en emboîtant le pas des sentinelles.

Une hutte de taille moyenne, au toit pointu, la seule du village sur pilotis, attira son attention.

« Qui vit dans ce faré ? demanda-t-il, intrigué par les quatre gardes postés autour.

— Le sorcier, répondit un gardien.

— Pourquoi est-il plus gardé encore que celui du roi ? poursuivit Tana, sur le point de s'arrêter.

— Cela ne te regarde pas, termina l'autre gardien. Allez, avance ! »

Les guerriers rassemblés sur la place publique se fendirent en deux groupes pour laisser passer les prisonniers et leurs gardiens.

Témanihi, l'un des deux gardes d'Ori a Ori, entra

aussitôt dans la hutte royale. Comme la veille, il reprit vite sa place à l'entrée et attendit en silence la sortie des membres du conseil.

Le premier à se présenter fut Riro, le Diseur de la mémoire longue. Deux autres vieillards le rejoignirent, eux-mêmes suivis par le sorcier et trois guerriers d'une quarantaine d'années dont le costaud à barbichette. Ensemble, ils vinrent se fondre humblement dans la foule des hommes.

Soudain, les guirlandes de coquillages s'agitèrent. Le cœur martelant leur cage thoracique, Lili et Tana virent sortir Ori a Ori, aussi majestueux que la veille. Leurs gardiens les forcèrent à s'approcher de lui puis à s'incliner comme tout le monde.

« Voici mon verdict », annonça le roi sur un ton solennel, l'air impassible.

Lili et Tana attendaient fébrilement, suspendus à ses lèvres.

« Le risque de vous laisser repartir est beaucoup trop grand. Vous devrez donc rester ici, avec nous, jusqu'à la fin de vos jours. »

Tana laissa choir sa tête.

Quant à Lili, elle chancela comme si elle allait s'évanouir. Puis, rassemblant ses forces, elle lança un regard indigné au roi, prête à argumenter avec lui. De toute façon, elle n'avait plus rien à perdre.

« Si je comprends bien, ô grand Ori a Ori, pour protéger ta liberté, tu vas prendre la nôtre, nous retenir prisonniers toute notre vie. »

Étonné par le courage de sa sœur, Tana releva la tête et la regarda avec admiration.

« On met en prison ceux qui ont fait du mal, poursuivit celle-ci. Mon frère et moi n'avons fait que nous perdre. Franchement, ta sentence est-elle juste ? »

Troublé, Ori a Ori tardait à répondre.

« En tant que roi, je dois faire mon devoir. Et mon devoir, c'est de protéger la tribu. »

Il fixa le lac, que l'on apercevait depuis la place centrale.

« Mes ancêtres, qui sont aussi les vôtres, ont traversé le grand moana ; le Pacifique, comme l'ont baptisé les Blancs. Venus d'Indonésie, ils ont colonisé Tahiti et d'autres îles de la Société. Si certains ont fait souche, d'autres ont préféré repartir sur l'océan, colonisant les îles qui constituent aujourd'hui la Polynésie. Ensuite, malheureusement…

— Vous êtes les seuls à demeurer libres, anticipa Lili en dévisageant le roi. C'est ce que vous voulez nous faire comprendre, n'est-ce pas ? »

Un murmure d'indignation s'éleva de la foule. Tana s'attendait à une réaction violente de leur hôte, que l'impudente fillette avait osé interrompre.

« Oui, Lili, répondit Ori a Ori d'une voix étonnamment douce. C'est cela. C'est au fait de vivre cachés que nous devons notre liberté. Ainsi, contrairement à vous, en surface, nos âmes sont toujours avec nous, elles marchent à nos côtés. Nous voulons continuer à plaire à nos âmes, pour qu'elles ne nous abandonnent pas.

— Je ne vois pas où est le problème si vous nous laissez partir, argumenta sa jeune interlocutrice. Je sens, je sais que vous avez confiance en nous.

— C'est vrai, avoua le roi. Vous êtes tous deux de très bons enfants ; mais vous pourriez révéler l'emplacement du village sans le faire exprès.

— Ô grand Ori a Ori, tenta encore Lili, laisse-nous partir et tu verras que…

— Non, coupa sèchement le roi. J'ai rendu mon verdict, je n'y reviendrai pas.

— Mais nous sommes habitués à vivre dehors, gémit Tana. Nous ne sommes pas comme vous, qui êtes tous nés sous terre. Nous n'arriverons jamais à vivre dans cette grotte.

— Dehors, on vous recherche, signala le roi. Un peu de patience : vous sortirez prendre l'air quand ce sera plus calme. »

Cette perspective de pouvoir sortir redonna un tel espoir à Tana qu'il eut une vision éclair : celle de sa sœur et lui semant leurs gardiens dans la forêt de mapés.

« Vous serez accompagnés par une véritable armée à chacune de vos sorties, souligna Ori a Ori. Alors, n'envisagez pas de vous évader ! Gardes, emmenez-les chez la vieille Rarahu ! Qu'elle leur fasse des vêtements appropriés à leur nouvelle vie. »

L'espoir retombait. Poussés par leurs gardiens, Lili et Tana échangèrent un regard de condamnés. À partir de maintenant, ils étaient en prison… EN PRISON…

11
La vieille Rarahu

La grande hutte de Rarahu était fréquentée par les femmes du village. Fillettes, mamans, grands-mères, elles aimaient toutes s'y rendre pour papoter ou travailler. Souvent, elles chantaient en chœur pour transformer l'ouvrage en plaisir. Les chants qui s'envolaient de la hutte telle la fumée d'une cheminée émurent tellement Lili et Tana qu'ils en oublièrent un instant leurs gardiens.

Brusquement, un panneau en bambou servant de porte se souleva et laissa apparaître une vieille femme édentée au paréo noué dans le dos.

« Ia orana, Rarahu ! dit l'un des gardiens.

— Excuse-nous de te déranger, fit l'autre. Nous t'amenons ces…

— Pas le temps, rugit Rarahu. On a du boulot pardessus la tête à cause de la fête qui approche.

— Euh, c'est le roi qui veut que tu leur trouves des vêtements, précisa l'un.

— À partir de maintenant, ils vont vivre parmi nous, ajouta l'autre.

— Évidemment, si c'est le roi… » se calma Rarahu.

Elle détailla Lili et Tana, qui étaient toujours aussi effondrés.

« Qu'ils entrent. »

La petite femme fluette se dressa face aux deux hommes qui s'apprêtaient à entrer aussi.

« Vous deux, vous restez là », ordonna-t-elle avec la fermeté d'un capitaine de marines.

Aussi intimidés que des enfants, les gardiens s'exécutèrent, et Rarahu laissa choir le panneau sur leurs nez.

Lili et Tana suivirent la vieille femme.

Grâce aux volets en bambou à moitié relevés, la lumière tamisée des araignées fluorescentes parvenait jusque dans la hutte.

Assises par terre et en cercle, sans interrompre leurs chants, les vahinés confectionnaient des colliers et des couronnes de tiarés et de gardénias. Elles étaient vêtues de paréos en tapa ou bien du moré, une jupe en fibres végétales. Pour cacher leurs « titis », elles utilisaient un soutien-gorge constitué de deux moitiés de noix de coco vides. Hibiscus à l'oreille, couronne de feuilles sur la tête, le corps enduit de monoï, les plus jeunes étaient ravissantes et souriaient généreusement. D'autres, un peu plus âgées et rondes, dévisageaient les intrus avec gravité, comme s'ils avaient enfreint quelque tabou.

« Je vais d'abord m'occuper de ton frère, annonça Rarahu. Attends-nous ici !

— D'accord », dit Lili.

Tana et son habilleuse passèrent derrière un paravent en palmes tressées qui couvrait presque toute la largeur de la hutte.

Un instant plus tard, Lili vit revenir son frère avec un pagne en tapa pour seul vêtement.

« Ha, ha, ha, te voilà seigneur de la jungle !

— Je ne m'étais pas trompé, fit remarquer Tana. Je savais que ça te ferait rire.

— À toi, maintenant ! » dit Rarahu à Lili.

Tana avait redouté cet instant où il devrait rester seul avec les vahinés. Certaines l'épiaient en chuchotant et en pouffant. D'autres, telles des sirènes, le dévisageaient tout en chantant. De plus, le parfum enivrant des fleurs flottait dans l'air, troublant ses sens et son cœur. Malgré sa peau brun clair, il rougissait comme une tomate.

Entre-temps, derrière le paravent, Rarahu et Lili venaient de s'asseoir sur des souches de mapés utilisées comme tabourets.

« Qu'est-ce qui vous a conduits ici, ton frère et toi ? » demanda Rarahu d'une voix très douce.

Lili raconta brièvement leur mésaventure.

« Comme tu as l'air triste, dit Rarahu. Toi, quelqu'un te manque. Tu connais un garçon, là-haut, n'est-ce pas ? »

Lili parut toute décontenancée par la question de la vieille dame.

« Euh… J'ai des copains et des copines à Tahiti et à Hawaï.

— Brave petite ! Ce n'est pas ce que j…

— Je suis amoureuse de David Wellings, s'empressa d'affirmer Lili, comme si son honneur était en jeu.

— Et lui ? Il t'aime aussi ?

— Je ne sais pas. Je… je ne l'ai pas encore rencontré.

— C'est le mari que te destine ton père ?

— Non, c'est le leader, enfin disons le chef d'un boys band.

— Un chef de tribu ? Bravo ! C'est un bon parti, ça.

— Il est beau, il chante bien et il est très riche. L'ennui, c'est que, comme moi, des millions de filles en sont éperdument amoureuses.

— Des millions ? s'étonna Rarahu. Alors là, ce

n'est plus un chef, c'est un roi très puissant, un demi-dieu. À-ou-é (Mince alors) ! Se faire remarquer par un tel homme ne doit pas être évident. »

Elle se leva et fouilla frénétiquement dans un gros panier en palmes tressées. Elle en sortit une jupe en fibre ainsi que deux moitiés de noix de coco vides et reliées par une lanière végétale.

« Ce n'est pas grave, allez, assura-t-elle. Ici, c'est plein de beaux garçons. Moi-même, tu sais, si j'étais un peu plus jeune... poursuivit-elle, une lueur dans le regard.

— Justement, moi, je suis trop jeune », fit remarquer Lili, l'air soudainement apeuré.

Rarahu la détailla comme si elle la découvrait à l'instant.

« Tu as peut-être raison, agréa-t-elle tout en jetant un œil sur les moitiés de noix de coco. Et puis, de toute façon, tes titis ne sont pas encore assez gros... »

Elle reposa les vêtements dans le panier, duquel elle sortit un paréo jaune.

« Tiens, petite vahiné, essaye cela ! dit-elle en se retournant.

— Je n'aime pas trop le jaune, comme couleur », confia Lili.

Elle se dirigea vers la corbeille et en sortit un paréo vert à rayures ondulées noires :

« Je crois que je vais plutôt prendre celui-ci. »

De l'autre côté du paravent, toujours aussi gêné au milieu des vahinés qui tressaient, chantaient et le dévisageaient d'un air coquin, Tana commençait à trouver le temps vraiment long. Mais soudain, comme dans la forêt de mapés, il sentit une présence qui le fit frissonner.

Rarahu, qui venait d'attacher le paréo de Lili, constata que les chants s'étaient brusquement interrompus. Tana laissa échapper un souffle de soulagement lorsqu'il les vit revenir toutes les deux.

« Je ne sais pas ce qui leur a pris, dit-il, l'air embarrassé. D'un seul coup, d'un seul, elles ont cessé de travailler et de chanter. »

Rarahu balaya toutes ses assistantes d'un regard inquisiteur. Elle s'arrêta sur une grosse mamma, qu'elle alla aussitôt consulter. Un œil sur Tana, cette dernière murmura quelque chose à l'oreille de la vieille femme.

L'air déterminé, Rarahu revint et posa une main sur le dos de chacun des deux enfants.

« Bien, mes petits poussins ! Beaux comme vous l'êtes maintenant, vous pouvez aller vous faire admirer par votre nouvelle famille.

— Mais… » fit Tana, poussé dans le dos comme sa sœur.

Lili et Tana sortirent de la hutte, devant laquelle se tenait un bel attroupement. Tous les guerriers, à présent souriants, avaient été rejoints par les femmes, les vieillards et les enfants du village.

Ces derniers, pour leur part, semblaient ravis de voir débarquer chez eux de nouveaux compagnons de jeu.

L'une après l'autre, les vahinés offrirent des colliers de fleurs à Lili et Tana.

« Merci, dit celui-ci dont on ne voyait plus le visage, c'est gentil mais… »

Soudain, on les allégea d'une partie des colliers.

Une fillette de douze ans se tenait face à Lili, qui reprenait sa respiration. Vêtue, comme elle, d'un paréo, elle était mignonne, souriante et portait un croissant de lune en nacre autour du cou.

« Je m'appelle Vaéa. Ia orana, Lili !

— Ia orana, fit Lili du bout des lèvres.

— Je te présente Puni, annonça Vaéa en désignant un adolescent aussi gros qu'un lutteur de sumo et aux cheveux attachés. Puni est mon frère, et ton gardien attitré à partir de maintenant. Comme tu vois, il n'a pas d'arme mais il est très fort. Je l'ai déjà vu assommer un cochon d'un seul coup de poing.

— Euh... Salut, fit timidement Lili.

— Hum, grommela Puni.

— C'est la première mission qu'on lui confie, expliqua Vaéa. Même s'il n'en a pas l'air, il est enchanté.

— Qu'est-ce que cela doit être quand il est de mauvaise humeur... marmonna Lili.

— Pardon ? dit la petite vahiné.

— Je suis enchantée, moi aussi, tempéra Lili.

— Le roi a tenu à ce que vos gardiens ne soient pas trop vieux, souligna Vaéa. Comme cela, ils seront aussi vos compagnons de jeu. »

Grand comme Tana mais en plus musclé, l'autre gardien portait un bouc, de longs cheveux et avait les yeux verts comme des émeraudes.

« Lui, c'est Narii, dit Vaéa. Mais comme sa peau est encore plus claire que la nôtre, tout le monde le surnomme Blanc-Blanc.

— C'est moi qui te surveillerai, dit celui-ci à Tana. Je me ferai le moins encombrant possible.

— Très touché, fit Tana, un œil sur le javelot de son gardien.

— Bienvenue dans la tribu ! se réjouit Vaéa. Vous en faites partie, maintenant.

— Quel honneur, ironisa Lili. Et quelle y sera notre place ? Qu'attendez-vous de nous, au juste ?

— Pour aujourd'hui, rien du tout, affirma Vaéa. Bon, on vous demandera bien un petit coup de main de temps à autre ; mais dans l'immédiat, que dirais-tu de venir te baigner ? »

Lili réfléchit. Si son frère et elle souhaitaient s'évader un jour, ils se devaient de gagner dès maintenant des alliés dans la place.

« Et mon frère ? Il peut venir aussi ? demanda-t-elle sur un ton enjoué.

— Laisse-les entre gamines, intervint Blanc-Blanc en tapant sur l'épaule de Tana. Viens plutôt lancer le javelot avec moi ! Ça, au moins, c'est un sport d'homme. »

Un peu désemparé, Tana regarda discrètement Lili. À l'image d'une mère avec son fils, elle hocha la tête en guise de consentement.

« D'accord, Blanc-Blanc, s'exclama Tana. Al... »

Il s'interrompit lorsque la vieille Rarahu, sans un regard ni un mot pour personne, quitta précipitamment la hutte.

« Où va-t-elle aussi vite ? demanda Lili.

— Chez le sorcier, répondit avec un peu de décalage Vaéa, tandis que la vieille femme se présentait devant la hutte sur pilotis. C'est étrange : d'habitude, ces deux-là ne se parlent pas beaucoup. »

Comme leurs gardiens et Vaéa, comme tous les badauds, Lili et Tana virent Rarahu se faire refuser l'entrée. Accédant à sa requête, l'un des nombreux gardiens postés autour de la hutte alla, seul, à l'intérieur et revint avec le sorcier.

« Que peut-elle bien lui raconter ? s'interrogea Vaéa en les voyant discuter. Hein, Blanc-Blanc, à ton avis ?

— Je n'en sais rien, avoua ce dernier.

— Comment, tu n'en sais rien ? s'étonna Vaéa. C'est ton père, tout de même.

— Oui, eh bien, mon père ne m'a pas dit pourquoi il reste enfermé chez lui, gardé par toutes ces sentinelles.

— C'est ton père ? fit Lili, épatée. Tu es donc le fils d'un sorcier.

— Tu as dit « chez lui », fit observer Tana, piqué par la curiosité. Tu ne vis pas avec lui ?

— Je n'ai jamais vécu avec lui, précisa Blanc-Blanc. J'ai habité avec ma mère jusqu'à sa mort, et maintenant, je vis seul, dans mon propre faré.

— C'est ainsi dans notre tribu, expliqua Vaéa. On ne vit pas sous le même toit qu'un tahua.

— Je ne sais pas ce qu'il mijote mais ce doit être important, supposa Lili alors que le sorcier rentrait chez lui et que Rarahu revenait vers eux.

— C'est à cause de nous ? demanda Tana, inquiet.

— Penses-tu ! fit Vaéa d'un haussement d'épaules. Pour lui, votre sort est réglé. Il va vous ficher une paix royale. Mais chut : revoilà Rarahu ! »

La vieille femme s'arrêta et sourit à Lili et Tana.

« Vos gardiens et la charmante Vaéa vont se faire un plaisir de vous faire visiter le village. »

Elle jeta un regard exaspéré au reste de l'assistance.

« Quant à vous, poursuivit-elle sur un ton sec, vous avez sûrement des choses plus intéressantes à faire que de rester là, plantés comme des tikis devant chez moi. »

Et elle rentra dans sa hutte aussi vite qu'elle en était sortie.

« On fait comme on a dit ? lança Vaéa alors que la foule se dissipait en tous sens. Lili, tu viens jouer dans l'eau avec moi, ton frère et Blanc-Blanc vont lancer le javelot… »

Ainsi, Lili et Vaéa, escortés par Puni, partirent d'un côté, Tana et Blanc-Blanc, de l'autre.

Les enfants d'Aline et John espéraient qu'avec un peu de ruse et de patience, ils parviendraient à obtenir tous les renseignements nécessaires à leur évasion.

12
Les eaux noires

Lili et Vaéa gagnèrent la plage aux pirogues. À quelques mètres derrière elles, Puni, la mine toujours aussi renfrognée, ne relâchait pas sa surveillance.

Des jeunes filles en paréo se baignaient et chahutaient dans l'eau de la baie.

« Voilà mes copines, se réjouit Vaéa. Elles passent le plus clair de leur temps ici. De vraies sirènes !

— Venez, proposa l'une d'entre elles. On s'amuse comme des folles.

— J'arrive, les filles, dit Vaéa en entrant dans l'eau à grandes enjambées. Iiiiiaaaah !

— Iiiiiaaaah ! » cria à son tour Lili, juste derrière elle.

Puni s'assit lourdement sur l'une des pirogues et soupira. Manifestement, il trouvait idiot de s'éclabousser et de se faire boire la tasse.

Indifférentes à sa mauvaise humeur, les petites vahinés manifestaient leur bonheur en piaillant comme des mouettes.

« Génial, s'exclama Lili, feignant de s'amuser autant qu'elles. Je sens que je vais me plaire, ici.

— Un peu de travail, des heures et des heures de

jeu, souligna Vaéa. Telle est notre devise.

— Vous ne vous ennuyez jamais ?

— Jamais ! Comme tu vois, on joue, on nage. Parfois, on fait de la pirogue sur le lac. On trouve toujours une activité.

— Et hors de l'eau ? Il t'arrive de jouer hors de l'eau ? Je ne sais pas, moi, à cache-cache, par exemple. Ce doit être intéressant dans ce dédale de galeries… »

Vaéa parut embarrassée.

« On ne joue pas à cela. Le lac nous suffit. »

Pour aider Vaéa à ne plus répondre aux questions de la petite curieuse, les autres filles reprirent de plus belle leurs jeux aquatiques. Lili n'insista pas.

À deux cents mètres de là, Tana et Blanc-Blanc avaient gravi un rocher en forme de triangle. Sur son sommet aplati, un grand javelot à la main, ils scrutaient les eaux limpides et calmes en contrebas.

« C'est l'endroit le plus poissonneux », affirma Blanc-Blanc en s'accroupissant.

Debout derrière lui, Tana ne fit aucun commentaire.

« Tu ne dis rien, nota Blanc-Blanc en se relevant. Tu es impressionné, c'est cela. On peut faire autre chose, si tu veux…

— Non, non, je crois que je vais bien m'en tirer. J'ai gagné un concours de lancer de javelot pendant les fêtes de Juillet, à Papeete. »

Tana s'avança prudemment et regarda en bas :

« Non, ce qui me tracasse, c'est cette hauteur.

— Cinq mètres, ce n'est rien du tout. Ne pense pas au saut ! Contente-toi de repérer ton poisson et de le transpercer ! Vu ?

— Vu !

— Je vais te montrer, dit Blanc-Blanc, prêt à lancer son arme. Tiens, voilà une belle perche ! C'est cela :

approche, petite imprudente ! Maintenant ! »

Il sauta en jetant son javelot, qui le précéda de peu dans l'eau et transperça le flanc du poisson.

« Bravo ! fit Tana en voyant émerger Blanc-Blanc avec la perche au bout de sa lance.

— Tu peux en faire autant, affirma le fils du sorcier en s'éloignant pour ne pas être embroché. Fais comme je t'ai dit et tout ira bien !

— Eh, les filles, s'exclama Lili, l'air radieux, exactement au même moment. Maintenant, c'est moi le dauphin, d'accord ? »

Brandissant son javelot, Tana repéra sa proie. Dès qu'elle fut à sa portée, il sauta du rocher en lâchant son arme et un cri d'encouragement.

« Essayez donc de m'attraper, bande de sales requins », lança Lili, juste avant de plonger sous l'eau dans une gerbe d'écume.

Immergé, les yeux ouverts afin de ne rien louper du spectacle, Blanc-Blanc vit le javelot fendre l'eau et louper la perche de quelques centimètres. Par contre, il avait beau regarder tout autour de lui, Tana avait disparu.

« Elle ne s'est tout de même pas enfouie sous le sable », s'étonna Vaéa au milieu de ses copines.

Malgré la clarté de l'eau, la nouvelle venue demeurait introuvable.

Lili émergea la première. Plus exactement, elle fut expulsée, éjectée d'eaux noires et tourbillonnantes.

Tana fut soumis au même traitement moins d'une seconde plus tard. En retombant, dans un grand éclaboussement, il évita sa sœur de justesse.

Abasourdis, sur les fesses l'un comme l'autre, ils échangèrent un regard à la fois stupéfait et épouvanté.

« Mais qu'est-ce qu'on fait là ? Je jouais avec les filles, loin de toi…

— Et moi, je pêchais au javelot avec Blanc-Blanc…

et voilà qu'on se retrouve ici tous les deux.

— C'est où, ici ? » s'angoissa Lili.

Ils se levèrent pour mieux se repérer. Étroit et calme, le chemin sous-marin dans lequel trempaient leurs pieds scindait les eaux en furie d'un petit lac souterrain. Les désormais familières araignées accrochées à la voûte éclairaient aussi un îlot rocailleux battu par les flots et des parois noires et abruptes. Des gravures ornaient l'une de celles-ci.

« Qu'est-ce que ça représente ? » se demanda Tana.

Lili allait admettre qu'elle n'en savait rien lorsqu'une lame de fond vint littéralement les happer et les engloutit dans les tourbillons.

Vaéa et les autres fillettes étaient totalement déconcertées. Assistées par Puni, elles arpentaient leur terrain de jeux tout en appelant Lili.

De son côté, Blanc-Blanc, le poisson toujours au bout de son javelot, effectuait plongée sur plongée dans l'espoir de retrouver son prisonnier.

Brusquement, Lili surgit au milieu des filles et Tana aux côtés de Blanc-Blanc.

« Tana ! s'exclama ce dernier. Mais où étais-tu passé ?

— Je ne sais pas, mentit Tana. Je... Euh... J'ai sauté du rocher et puis plus rien... Le trou noir...

— Ah bon ? fit Blanc-Blanc, incrédule.

— Lili, tu te sens bien ? s'inquiéta Vaéa en aidant Puni à ramener leur nouvelle copine sur la plage.

— Oui, ça va, affirma Lili en s'asseyant sur une pirogue. J'étais bien cachée, hein ?

— Une vraie championne du camouflage, ironisa Vaéa en adressant un regard soupçonneux à son frère Puni.

— En tout cas, nous ramenons au moins une nato, se réjouit Blanc-Blanc en dévorant des yeux la perche au bout de son javelot. Ils seront ravis, au village.

— Le village, s'écria Tana en nageant rapidement vers la rive. Lili ! Où est Lili ?

— Là-bas, dans la baie, indiqua Blanc-Blanc, dans son sillage. Regarde, on la voit jouer avec les autres ! »

Son jeune prisonnier monta sur la berge et se mit à courir aussi vite qu'un sprinter, négociant les rochers comme de simples haies.

Dès qu'il fut sur la terre ferme, Blanc-Blanc s'efforça d'observer la même allure.

« Attends-moi ! cria-t-il, tout essoufflé. J'ai reçu des ordres : tu dois rester près de moi. »

De loin, il vit Tana rejoindre Lili sur la plage de graviers. Passant la main sur son bouc, il se demandait pourquoi les deux prisonniers s'étreignaient comme s'ils s'étaient perdus de vue depuis des années.

13
Le faré amu

C'était l'heure du déjeuner. Suivis par leurs gardiens ainsi que par Vaéa et ses copines, Lili et Tana se rendaient au faré amu, la « maison pour manger ».

« Je ne comprends pas ce qui s'est passé, confia Lili, encore toute retournée.

— Moi non plus, avoua Tana. C'était comme une autre dimension. En tout cas, je suis heureux que tu l'aies vécu, toi aussi. Tu ne peux plus dire que je suis fou. »

Lili acquiesça. Ils arrivaient au faré amu. Constitué d'un toit en palmes soutenu par huit colonnes taillées et sculptées dans du bois de mapé, il rivalisait de grandeur et de beauté avec la hutte royale.

« Vous serez bien parmi nous, assura Blanc-Blanc. Voyez, vous venez à peine d'arriver et il y a déjà un tamaara de bienvenue.

— Je préférerais un tamaara de départ, confia Lili à Tana.

— Chut, jouons le jeu, conseilla Tana. Moi, mon gardien est plutôt sympa, après tout... comme tout le monde ici, d'ailleurs. Tiens, regarde : Rarahu, notre habilleuse ! Fais coucou à Rarahu ! »

La vieille femme leur envoya un baiser avant de se

noyer dans la foule.

« Blanc-Blanc, Puni, s'exclama soudain Riro, le Diseur de la mémoire longue. Permettez ? J'ai deux mots à dire à nos petits nouveaux... »

Les deux adolescents ne contestèrent pas et allèrent s'asseoir avec Vaéa.

Pour être tranquille, Riro emmena Lili et Tana près du hima'a, un four creusé dans la terre. Là, un petit cochon de lait ainsi que des patates douces enveloppées dans des feuilles de bananier cuisaient sur des pierres chauffées à blanc.

« Le lézard avec qui vous étiez en bas des marches, il est à vous ? » demanda Riro en saisissant trois patates, une pour lui et deux pour ses invités.

Écoutant avant tout son estomac, Tana s'empressa de saisir la patate.

« Le léz... Aïe, ouille, ça brûle.

— Oh, excuse-moi, Tana, dit Riro. C'est vrai que c'est chaud. J'aurais dû te prévenir. Moi, j'ai l'habitude, alors je ne fais même plus attention.

— Merci, dit Lili en prenant à son tour sa pomme de terre, déjà un peu plus froide. Mais dis-moi, Riro : comment sais-tu qu'on était avec ce lézard ? »

Elle eut un moment d'hésitation, puis, ouvrant une grande bouche stupéfaite :

« Han ! Tu... tu nous as vus dans la maison blanche des Sleg ?

— Tu nous espionnais, hein, c'est cela ? renchérit Tana. Il m'avait semblé aussi que quelqu'un nous regardait...

— Non, non, pas du tout, rectifia Riro. Comme je suis un Diseur de la mémoire longue, je dois aussi me tenir au courant de ce qui se passe dehors. Dans le coin, à part l'usine et quelques maisons, il n'y a guère que le chalet de l'homme blanc. »

Lili examina sa patate.

« Les fruits et les légumes qui disparaissent mystérieusement, c'est vous qui…

— Oui, c'est nous, avoua Riro. Ces gens ont conservé leur âme. Un jour, sans nous faire connaître, nous leur donnerons leur récompense.

— Comme c'est gentil de votre part », persifla Lili.

Riro fit un sourire amusé et reprit :

« Alors, ce lézard, c'est le vôtre ?

— Pourquoi ? fit Tana sur un ton moqueur. Tu trouves qu'il irait bien dans le four ?

— Arrête, lui dit Lili. Il ne faut pas plaisanter avec un Diseur de la mémoire longue. »

Elle regarda à nouveau le vieil homme et ajouta à son adresse :

« Non, Riro, on n'avait jamais vu ce lézard auparavant.

— Dommage !

— Pourquoi dommage ? demanda Lili, intriguée. Pourquoi ce serait bien si cette répugnante bestiole nous appartenait ?

— Euh… fit Riro, embarrassé. C'est… c'est bien d'avoir un animal de compagnie, non…

— Encore que si j'avais le choix, je prendrais un chien plutôt qu'un lézard, fit remarquer Lili. Dis, Riro, est-ce que je peux te poser une question à mon tour ?

— Oui, vas-y ! Je t'écoute…

— Blanc-Blanc nous a dit que son père ne viendrait pas déjeuner. Pourquoi reste-t-il enfermé chez lui depuis notre arrivée ?

— C'est un sorcier, prétexta Riro. Il vit différemment, au contact de la nature et des âmes des défunts. Il cultive son mana. »

Tana tressaillit, ce que remarqua aussitôt Riro.

« Voilà un mot qui semble te faire de l'effet, dit ce dernier, le regard brillant.

— Quel mot ? fit Tana.

— Allons, mon garçon, sourit le vieil homme, tu sais bien que je parle du mot mana. Les guerriers qui vous ont poursuivis m'ont tout raconté.

— Qu'ont-ils dit d'extraordinaire ? intervint Lili.

— Eh bien, ils m'ont parlé du javelot qui a miraculeusement évité ton frère, mais aussi du tremblement de terre qui vous a permis de les semer. L'homme qui était à vos trousses près du lac a vu aussi sa torche s'éteindre comme par enchantement... Des piroguiers à votre recherche ont dit avoir vu des algues aussi hautes que des arbres. Et Rarahu a évoqué le froid soudainement ressenti par les tresseuses de colliers... comme si des morts s'étaient glissés parmi elles. Que dire enfin de votre étrange disparition, il y a moins d'une heure, alors que vous étiez en train de jouer ? »

Tana comprit que Riro savait bien plus de choses que ce que les gens du village lui avaient rapporté. Le vieil homme devait notamment connaître la raison de sa venue ici.

« Comment sais-tu que nous avons disparu ? demanda Tana. Et d'abord, où avons-nous disparu ?

— Oui, c'était quoi, cet endroit étrange et terrifiant ? renchérit Lili.

— Hum, fit Riro, mal à l'aise. Je voulais juste vous parler de ce lézard. Allez vous asseoir : le roi va arriver. »

Il partit vers de larges palmes de cocotiers constituant la nappe sur laquelle on avait disposé les plats et s'assit par terre, à côté de ses gardes et de Rarahu.

Lili et Tana étaient terriblement déçus. Une porte blindée nommée Riro s'était brutalement fermée sur le trésor de révélations qu'ils venaient d'entrevoir.

« Par ici, indiqua Blanc-Blanc », à l'autre extrémité de la « table », alors qu'ils s'apprêtaient à rejoindre Riro.

Dociles, Lili et Tana vinrent s'installer entre Vaéa, Puni et lui.

« Là-bas, c'est la place des notables, expliqua Vaéa en plongeant les doigts dans un grand plat. Tenez, goûtez le poisson cru au lait de coco ! »

Malgré ses racines tahitiennes, Lili n'avait jamais raffolé du poisson cru, auquel elle préférait les cacahuètes et les biscuits salés.

Brusquement, tout le monde se tut.

« Vous n'avez rien d'autre ? continua Lili. Franchement, je…

— Ferme ton clapet ! » murmura Tana.

Dans le silence le plus total, Ori a Ori fit son entrée dans la hutte. Entouré de son épouse, très belle dans une longue robe en plumes blanches et noires, de ses trois enfants — deux jeunes hommes et une adolescente — il s'installa non loin de Riro et Rarahu. Derrière, toujours debout, Témanihi et l'autre colosse de la garde royale veillaient au grain.

« Maéva (Bienvenus) », dit Ori a Ori à l'intention de Lili et Tana.

Ces derniers inclinèrent respectueusement la tête.

« J'espère que vous allez apprécier ce tamaara en votre honneur, poursuivit le souverain. Par-dessus tout, je souhaite que vous vous intégriez parfaitement dans notre tribu. »

Il observa quelques secondes de silence puis ajouta :

« Si vous avez des questions ou des remarques… »

Les regards braqués sur Lili et Tana les rendaient muets comme des carpes. Ils s'adresseraient au roi plus tard et en petit comité.

« Bon appétit à tous, souhaita Ori a Ori. Et que les dieux protègent encore longtemps notre peuple… »

Il porta un morceau de poisson cru à ses lèvres, ce que firent dans l'ordre sa famille, le conseil, Rarahu, et, enfin, les autres membres de la tribu. Une ambiance de fête s'installa. Les doigts plongeaient sans retenue dans les plats qu'apportaient deux grosses mammas. Toutes et tous semblaient s'amuser comme des potaches, à part Lili.

« Comment peux-tu avoir de l'appétit ? demanda-t-elle en voyant son frère reprendre du porc.

— Je me force... enfin, juste un peu : c'est vrai, c'est tellement bon.

— C'est dingue, fit observer Lili, on va rester ici toute notre vie, et toi... toi, tu manges comme si de rien n'était.

— Et je te conseille de faire pareil, murmura Tana. Rien n'est encore perdu, petite sœur. Par contre, nous, nous le sommes si tu vexes nos amis. »

D'un discret signe de tête, il lui montra le roi et d'autres notables, qui la fixaient depuis un moment.

« Compris », marmonna Lili.

Elle avala un minuscule morceau de viande. Puis, relevant la tête, elle constata qu'on l'observait toujours.

« C'est vrai que c'est délicieux, confia-t-elle à Tana. Tant mieux : je ne vais pas me forcer beaucoup. »

Elle se mit à manger à la même cadence et presque autant que lui. Satisfaits, Ori a Ori et les dignitaires de la tribu se replongèrent dans leurs assiettes tressées et leurs conversations.

Soulagé, Tana reprit du porc.

« C'est pour finir mes patates douces, dit-il à Blanc-Blanc, qui le regardait faire d'un air amusé.

— Mange autant que tu veux ! dit ce dernier. Du cochon sauvage, il y en a plein la montagne. »

Et il ajouta, non sans fierté :

« J'ai déjà été le chasser avec les hommes. Pas les jeunes, hein ! Les vrais adultes !

— On peut chasser aussi, ma sœur et moi ? demanda Tana, qui guettait la moindre occasion de prendre la poudre d'escampette.

— Premièrement, sans vouloir vexer ta sœur, les femmes ne chassent pas, rétorqua l'adolescent. Deuxièmement, tu sais bien ce qu'a dit le roi. Par contre…

— Par contre ? répéta Lili, les yeux brillants d'espoir.

— J'ai constaté que ton frère sait lancer le javelot, fit remarquer Blanc-Blanc. Sait-il aussi pagayer, par hasard ?

— Ah ça oui, affirma Tana. Après avoir dominé le concours du lancer de javelot, j'ai gagné une course de pirogues… toujours pendant les fêtes de juillet, à Papeete.

— Que n'as-tu pas fait pendant les fêtes de juillet ? plaisanta Vaéa.

— Ne t'occupe pas d'elle, fit Blanc-Blanc, un peu méprisant. Les vahinés ne comprennent rien aux affaires des hommes. Tana, cela te dirait de t'entraîner avec moi en vue de la course d'après-demain ?

— La course ? s'étonna Tana.

— Elle a lieu pendant la grande fête de commémoration, souligna Vaéa.

— Et vous commémorez quoi, au juste ? demanda Lili.

— L'installation de la tribu sous le lac, il y a de cela plus de deux siècles, expliqua Vaéa.

— Ce qui nous intéresse, précisa Blanc-Blanc, c'est que la course désignera le meilleur duo de piroguiers de toute la tribu.

— Un ado et un enfant bâtis comme des hommes, fit observer Lili. Vous avez toutes vos chances.

— Autant que moi d'être désigné l'homme le plus maigre du village, marmonna Puni, la bouche pleine de poé, une succulente gélatine à base de papaye.

— Ne faites pas attention à mon frère, confia Vaéa.

C'est un grognon professionnel mais au fond, il n'est pas méchant. »

Vexé d'avoir été ainsi dépeint, Puni plaça une jeune noix de coco encore toute verte au-dessus de sa bouche et but à la régalade plusieurs gorgées de son eau.

« On peut faire un essai dans l'après-midi, proposa Blanc-Blanc.

— Pourquoi pas ? fit Tana.

— Pff ! grommela Puni.

— Iiiiiaaah », se réjouit Vaéa.

Le coude sur l'épaule de celle-ci, Lili regarda Tana et Blanc-Blanc sceller leur union d'une vigoureuse poignée de main. Elle pensait, l'air radieux, que le gardien de Tana serait bientôt dans leurs poches.

Restait à gagner l'amitié de Puni. Avec ou sans Vaéa, elle y parviendrait.

Elle avait l'intime conviction que Blanc-Blanc et Puni les aideraient bientôt à s'évader.

14
L'échange

Les piroguiers adultes inscrits à la course s'entraînaient de l'aube au crépuscule. Les autres, adolescents et presque adultes, devaient donc patienter de longues heures avant de se lancer sur les eaux du lac. Trois équipages figuraient dans cette dernière catégorie : celui de Téva et Taarii, deux jeunes hommes bientôt âgés de dix-huit ans, celui d'Ahutoru et Opuhara, quinze ans chacun, et celui de Tana et Blanc-Blanc, le dernier inscrit.

« Tiens, indiqua Blanc-Blanc en sortant sa pagaie de l'eau, Téva et Taarii veulent nous dire quelque chose. »

Assis à l'arrière, Tana arrêta de ramer, lui aussi. Leurs concurrents stoppèrent leur pirogue à balancier tout près de la leur.

« Le nouveau ne se débrouille pas mal, fit remarquer Téva, le piroguier aux cheveux bouclés installé à l'avant.

— Il a le même âge que toi ? se renseigna Taarii, qui faisait plus vieux tant il était poilu.

— Euh… oui ! mentit Blanc-Blanc, au grand étonnement de son coéquipier. Enfin, on a juste un mois d'écart.

— Vous formez un bel équipage, poursuivit Téva, un sourire malicieux aux lèvres. Que diriez-vous d'une petite course avec nous ?

— Ce serait un bon entraînement pour nous quatre, appuya Taarii. À moins que vous n'ayez peur…

— Peur ? s'écria Tana, resté muet jusque-là. On va vous montrer si…

— Pas maintenant, intervint Blanc-Blanc. J'ai à parler avec Tana. Par contre, demain après-midi, à la veille de la course… Qu'en dis-tu, Tana ?

— Pour moi, c'est parfait, répondit ce dernier, visiblement pressé de relever le défi et d'en découdre.

— Ça me va aussi, approuva Taarii.

— Moi aussi, termina Téva en recommençant à pagayer. Alors, à demain, les gars !

— À demain ! fit Blanc-Blanc.

— Peur, ronchonna Tana en regardant s'éloigner la pirogue. Pour qui se prennent-ils, ces deux-là ?

— Pour ce qu'ils sont, souligna Blanc-Blanc. Deux des meilleurs piroguiers de la tribu ; certainement les meilleurs dans peu de temps…

— Bah, ils ne m'impressionnent pas.

— Moi, un petit peu, quand même ! Enfin, on verra bien demain.

— Tu leur as dit que tu avais à me parler…

— Oui, confirma Blanc-Blanc en se retournant pour lui faire face. C'est à propos des filles. Comment elles sont, là-haut, à la surface ? »

Tana fit un sourire coquin.

« Comme ici : certaines sont belles, d'autres un peu moins.

— Un jour, j'ai surpris une conversation de la vieille Rarahu avec une vahiné de son âge, continua Blanc-Blanc sur un ton enthousiaste. J'ai cru comprendre qu'elles parlaient de femmes aux cheveux jaunes. »

Tana parut tomber des nues : comme la plupart des villageois, certainement, les connaissances de son gardien se limitaient aux grottes et à ce qui se trouvait juste au-dessus.

« Jaunes ? Ah oui, blonds ! C'est vrai qu'il y a des blondes, des rousses. C'est plus rare mais on voit parfois des filles aux cheveux rouges…

— Des démons sont entrés dans leur tête à leur naissance, supposa Blanc-Blanc. Elles devraient voir mon père : il les en ferait sortir.

— C'est pas du tout une histoire de démon. Dans mon monde, beaucoup de filles se teignent les cheveux comme la vieille Rarahu teint les paréos.

— Quelle drôle d'idée ! nota Blanc-Blanc. Remarque, c'est pratique, continua-t-il sur le ton de la plaisanterie. Une fille aux cheveux rouges, tu la perds de vue moins facilement.

— Et tu peux marcher dans la nuit sans allumer une torche », renchérit Tana.

Les deux garçons se regardèrent, esquissèrent un sourire puis pouffèrent. Ne pouvant plus se contenir, ils finirent par éclater de rire.

« *Tu peux marcher dans la nuit sans allumer une torche,* répéta Blanc-Blanc en recouvrant difficilement son sérieux. Tana, je ne te connais pas encore très bien. En tout cas, tu es rigolo. »

Et il repartit sur un nouveau fou rire.

« Ha, ha, hou, hou ! J'en ai mal au ventre, tellement je ris. »

Tana fut le premier à se calmer. En voyant Blanc-Blanc s'esclaffer encore, il se dit qu'il venait de se faire un ami ; un ami qui deviendrait peut-être un complice.

Respirant profondément, ce dernier parvint, lui aussi, à se maîtriser.

« Hum… Voilà… Euh… À part les couleurs des

cheveux des filles, je me pose un tas de questions sur le dehors.

— Le dehors ? s'étonna Tana. Tu y vas pour chasser, donc tu le connais. Que puis-je t'apprendre que tu ne saches déjà ?

— Tout ! Moi, je te parle du vrai dehors, celui qui s'étend au-delà du lac Vaihiria, enfin, le monde, quoi. »

Ainsi, Blanc-Blanc s'intéressait à l'extérieur. Quelle aubaine, vraiment ! À l'image de Lili lorsqu'elle prenait le temps de réfléchir à une stratégie, Tana observa un moment de silence.

« Pourquoi cette curiosité ? demanda-t-il avec l'impression de tenir un gros poisson dans son épuisette. À vous entendre, vous êtes tous très heureux dans votre petit univers souterrain.

— Je ne dis pas que je suis malheureux, rétorqua Blanc-Blanc sans énervement, mais j'avoue que contrairement aux autres, je me sens attiré par l'extérieur. »

Tana écoutait sans exprimer la moindre réaction : pour ferrer sa proie, il devait la laisser se livrer encore un peu.

« Hum… Comment t'expliquer ? fit le fils du sorcier. Je fais des rêves étranges. Je vois des endroits, des gens que je ne connais pas ; que je ne connais pas et qui me sont pourtant familiers. Dis-moi, Tana, tu crois à la réincarnation ?

— Tu veux dire : avoir été quelqu'un d'autre dans une vie antérieure ?

— Oui, c'est cela.

— Ben, pas vraiment, encore que de nombreuses légendes maories parlent d'ancêtres revenant sous la forme d'un animal. Une fois, c'est un requin, une autre, un…

— Réponds, Tana : tu y crois, oui ou non ?

— Oui… Peut-être… Alors, si je te suis bien, tu

aurais déjà vécu une vie à l'extérieur avant même de naître dans ces grottes ?

— Je n'en sais rien. En tout cas, ce qui me tracasse, c'est que mes visions et mes rêves sont flous ou trop courts pour que je m'en souvienne précisément.

— Tu voudrais que je t'apporte quelques éclaircissements, comprit Tana. C'est bien cela, n'est-ce pas ?

— Oh oui ! jubila Blanc-Blanc tel un petit enfant. Raconte-moi le monde et ce qui s'y passe, les gens qui y vivent. »

Tana soupira, ce qui intrigua Blanc-Blanc.

« Qu'y a-t-il ? demanda ce dernier. À voir ta tête, on jurerait que ça t'embête. »

Tana ne put contenir ses larmes.

« Tu veux que je te parle de l'océan, des gens que j'aime, de mes jeux vidéo et de mes films fantastiques ? De tout ce que je ne verrai plus jamais…

— Je sais que c'est dur, compatit Blanc-Blanc, l'air aussi désolé que lui. Ce n'est pas de ma faute, Tana. Moi, je serais heureux que tu puisses revoir tout cela.

— Ah oui ? fit Tana dont le regard s'illumina.

— Ne t'emballe pas ! J'ai dit *je serais heureux,* mais c'est impossible. Même si j'arrêtais de te surveiller, tu te heurterais aux sentinelles postées à chaque sortie ; sortie que tu ne trouverais jamais, d'ailleurs. »

L'air abattu, Tana posa son regard sur le village, en particulier sur la hutte du sorcier, toujours aussi bien gardée.

« En temps normal, tu as le droit d'entrer chez ton père ?

— Oui, dit Blanc-Blanc, qui ne voyait pas où son coéquipier voulait en venir, à part quand il doit s'isoler pour faire des potions ou des incantations… Il… il est vrai qu'il ne m'a jamais interdit aussi longtemps de venir dans son faré.

— Je suis sûr que c'est à cause de ma sœur et moi

qu'il n'en sort plus.

— Je peux essayer de le savoir. Depuis votre arrivée, son attitude m'intrigue. C'est bizarre, tous ces guerriers qui gardent son faré. Mon père ne s'est jamais entouré d'autant de mystère. Un événement exceptionnel s'est produit ou va bientôt se produire. Il faut que je sache le fin mot de l'histoire.

— Tu ferais cela pour moi ? Tu entrerais chez ton père sans sa permission ?

— Je le ferai. Toi, en échange, tu me raconteras tout ce que tu sais sur le dehors. Ça te va ?

— D'accord, dit Tana en pagayant de manière à retourner au village. Agis tout de suite, comme cela, je serai fixé. Après, j'aurai des jours, des mois, peut-être même des années pour te parler du monde.

— Tout de suite, répéta Blanc-Blanc en ramant à son tour. Et je sais comment m'y prendre. »

Cachés sous un ponton en bois sur lequel séchaient des filets de pêche, Tana et Blanc-Blanc guettaient sans relâche la hutte du sorcier.

« Il ne va plus tarder, affirma Blanc-Blanc.

— Et s'il décidait de ne pas sortir aujourd'hui ?

— Cela m'étonnerait. Même lorsqu'il est très occupé, mon père fait toujours une petite promenade en fin d'après-midi. Tiens, qu'est-ce que je te disais ? »

Le sorcier avait quitté sa hutte et semblait donner des recommandations à l'un des gardes.

« Où va-t-il ? demanda Tana en le voyant disparaître dans le village.

— La plupart du temps, il va cueillir des plantes dehors. Ce soir, à mon avis, il va rendre visite au roi. Bon, j'y vais. Ne bouge surtout pas d'ici ! »

Tana acquiesça et regarda Blanc-Blanc s'éloigner. Haletant, les yeux hagards, le fils du sorcier s'approcha des quatre sentinelles en poste autour de la hutte.

« C'est terrible, c'est vraiment terrible. Vous… vous ne l'avez pas vu ?

— Qui ? demanda le garde se tenant à l'entrée.

— Mon prisonnier, fit Blanc-Blanc, l'air affolé. Après l'entraînement, il m'a assommé. Quand je suis revenu à moi, il avait disparu. C'est très grave. On va avoir besoin de tous les guerriers, y compris de vous quatre.

— Mais qui va garder le faré ? demanda la sentinelle.

— Je m'en charge. Partez vite !

— Merci ! » fit le gardien en entraînant ses frères d'armes.

Tana vit Blanc-Blanc entrer dans la hutte. Elle était plongée dans la pénombre, comme à l'accoutumée. Redoutant de renverser du matériel, Blanc-Blanc avança à tâtons, reniflant au passage les odeurs familières des poudres à potions. Ses yeux s'habituant à l'obscurité, il remarqua des plantes sur une étagère. Leurs feuilles étaient larges et évoquaient des cœurs. Leur rhizome était prolongé à la base par des racines tentaculaires.

Le kava-kava pour parler aux esprits, songea Blanc-Blanc en touchant avec précaution l'une des plantes.

« Allez, mon vieux, il faut revenir maintenant, dit Tana, de plus en plus soucieux. Mais qu'est-ce qu'il fait ? Il ne faut pas des heures pour visiter une petite hutte de rien du tout. »

C'est alors qu'il vit revenir le sorcier, furieux, entouré par ses quatre gardes.

Sors, Blanc-Blanc, sors ! Zut, zut et zut ! Comment le prévenir ?

Il ouvrit la bouche pour crier mais aucun son n'en sortit. La peur le paralysait.

Blanc-Blanc, pensa-t-il très fort, *sors vite du faré !*

Comme s'il avait entendu la supplique de Tana,

Blanc-Blanc se rua vers la sortie. Après tout, tant pis s'il renversait quelque chose…

Son père, regard noir et bras croisés, se tenait déjà sur le seuil.

« Alors, mon fils ? Ton prisonnier s'est échappé ?

— Euh… Oui, père, bredouilla Blanc-Blanc. Il… Enfin, je…

— Et tu envoies mes gardes pour partir à sa recherche ? Tu n'es pas assez grand pour le faire toi-même ?

— Si, mais…

— Tu voulais voir ce que je fabrique dans mon faré, n'est-ce pas ? »

Blanc-Blanc savait pertinemment qu'il ne pouvait duper son père, le sorcier de la tribu.

« Oui, avoua-t-il, confus de honte. Je… je me demandais pourquoi même moi, ton fils, j'étais tenu à l'écart. »

Il s'attendait à une réaction de colère aussi violente qu'un ouragan.

« As-tu vu quelque chose d'anormal ? demanda le sorcier d'une voix doucereuse.

— Non, père ! »

Toujours sous le ponton, Tana observait Blanc-Blanc et le sorcier. Il trouvait étrange qu'ils discutent calmement, comme s'il était question de choses banales. À la fin de la conversation, juste avant de retourner dans sa hutte, le sorcier embrassa même son fils sur le front.

« Ne bouge pas ou on te met en pièces ! »

Des guerriers armés de javelots et de frondes entouraient Tana de toutes parts.

Le plus petit d'entre eux, muni d'une fronde qu'il faisait tourner sans relâche, semblait fin prêt à lui jeter sa pierre.

« Arrête, l'interpella Blanc-Blanc en faisant son

apparition sous le ponton. Arrêtez tous ! C'est mon prisonnier. C'est à moi de le corriger. »

Sans retenue, il frappa Tana avec le bois de son javelot.

« Viens par ici, gros malin ! continua-t-il. Tu m'as eu par surprise. Tu vas voir ce que tu vas voir, maintenant. »

Riant à gorge déployée, les guerriers s'en retournèrent l'un après l'autre vers le village.

« Excuse-moi de t'avoir frappé si fort, demanda Blanc-Blanc, seul avec Tana sur la plage aux pirogues. Il fallait que j'aie l'air crédible, tu comprends ?

— Tu l'étais, tu peux me croire, gémit le fils de John avec un rictus de souffrance. Allez, dis-moi tout : lorsqu'il t'a pris sur le fait, ton père a eu l'air de bien réagir…

— Ben, c'est normal : je lui ai dit que je n'avais rien remarqué d'inhabituel dans son faré… ce qui est vrai, d'ailleurs…

— Il t'a quand même expliqué pourquoi il restait si longtemps enfermé et aussi bien gardé, non ?

— Mouais ! fit Blanc-Blanc, apparemment peu convaincu. Il m'a parlé d'une potion qu'il était en train de mettre au point.

— Je suis comme toi. Je crois qu'il cache quelque chose de plus important. Il a peut-être une cachette dans son faré… ou SOUS son faré. En tout cas, je persiste à dire que cela nous concerne, ma sœur et moi.

— Que cela vous concerne ou non, on ne pourra plus pénétrer chez mon père. À présent, ses gardes et lui vont redoubler de méfiance.

— Tu as raison : il peut invoquer tranquillement les puissances invisibles pour nous ensorceler, Lili et moi.

— Vous ensorceler ? Mais pourquoi ?

— Pour que nous n'ayons plus jamais envie de partir d'ici, pardi. »

Blanc-Blanc ne montra aucune expression. Selon lui, un tel ensorcellement n'avait rien de grave et le soulagerait de sa fonction de gardien.

« Bon, fit Tana, l'air désabusé, tu as tout de même rempli ta mission. À moi, maintenant : je vais commencer à te parler de ce monde qui te fait tant rêver… »

Il s'interrompit. Après un instant de réflexion, son visage s'illumina et, se ravisant :

« Mais dis-moi : pourquoi ne pas voir le monde plutôt que le rêver ? »

L'air intrigué de son gardien l'incita à poursuivre.

« Écoute, Blanc-Blanc ! Voilà ce que je te propose : on gagne la course d'après-demain, et, ensuite…

— Ensuite ?

— Eh bien, nous mettons au point notre évasion.

— Nous ?

— Oui, nous : ma sœur, toi et moi ! »

La simple pensée d'une telle initiative parut bouleverser le fils du sorcier.

« Eh, pai (copain) ! s'écria-t-il, le souffle court. Il est hors de question que je quitte ma tribu. Quant à ta sœur et toi, vous devez tirer un trait sur le passé. Dis-toi une fois pour toutes qu'il est impossible de s'évader d'ici ! »

Blanc-Blanc décela une lueur d'espoir dans le regard de Tana.

« Ah non, ne rêve pas ! l'avisa-t-il en agitant l'index. Vous laisser filer me vaudrait un châtiment terrible, peut-être même la mort. »

Il se tut, le temps de se représenter les juges prononçant la sanction.

« Franchement, Tana, reprit-il d'un ton grave, l'extérieur, les parents, tout cela, c'est terminé. À partir de maintenant, ici, avec nous, c'est une nouvelle existence qui commence pour Lili et toi. Alors, essayez de la vivre de la meilleure façon possible.

— Ça va, laisse tomber ! » marmonna Tana.

Il scruta la voûte aux araignées, certainement l'unique ciel qu'il verrait désormais.

Abattu mais résigné, John se décida finalement à lever l'ancre. Les mains sur la rambarde de sécurité, Aline avait décidé de scruter Mataïéa et ses alentours jusqu'à la sortie du lagon.

Seul sur la plage, le cousin Maté suivait le catamaran du regard en agitant tristement la main. Bientôt, le bateau ne fut qu'une voile triangulaire se découpant dans le ciel bleu.

« Papaaaaa, mamaaaaaan, hurla Lili, noooooon !

— Lili, eh, Lili ! »

Elle se dressa sur ses jambes et ouvrit brutalement les yeux.

« Ils sont partis, s'écria-t-elle, haletante. Ils nous ont abandonnés.

— Qui ça ? » demanda Puni.

La présence de son gardien la déconcerta au point de la faire vaciller.

« Reste avec nous, petite fille, fit celui-ci en la saisissant par les épaules. C'était un rêve, un simple rêve. »

Jetant un regard panoramique autour d'elle, Lili constata qu'elle était toujours sous la terre.

Là-haut, les araignées fluorescentes accrochées à la voûte éclairaient toujours le village et le lac. Soudain, elle se rappela qu'elle s'était assoupie en suivant l'évolution de la pirogue royale sur l'eau calme. L'imposante embarcation, qui entrait maintenant dans la baie, ressemblait décidément beaucoup au catamaran des parents.

« Quel cauchemar, se plaignit Lili en laissant échapper un long soupir. Bah, de toute façon, le cauchemar, je le vis sans interruption depuis que mon frère et moi sommes devenus résidents permanents.

— Tu ne te plais pas ici, hein ?

— Je pense surtout à mes parents, répondit Lili, l'air songeur. Ils me manquent tellement.

— Tu me fais de la peine, dit Puni avec une compassion non feinte. Malheureusement, notre roi a rendu son verdict… et il ne revient jamais sur sa décision. »

Lili restait muette, sur le point de pleurer.

« Il a aussi promis de vous laisser prendre l'air de temps en temps », ajouta Puni d'une voix tendre.

Lili versa quelques larmes et sourit en même temps. Son gardien crut voir un petit arc-en-ciel sur son visage : c'était comme le soleil côtoyant la pluie.

« Finalement, ta sœur a raison, confia Lili. Quand on te connaît un peu mieux, on voit que tu es un gentil garçon…

— Ne te méprends pas ! Ma gentillesse ne m'empêchera jamais de demeurer un fidèle serviteur du roi. Mes sentiments ne prendront jamais le pas sur ma tâche de gardien. »

Ce n'était pas intentionnel mais ses paroles avaient profondément affecté Lili. Se sentant plus que jamais prisonnière, elle se replia sur elle-même comme un détenu réintègre sa cellule.

15
Une croyance de grand-mère

Aline, Lili et Tana avaient disparu depuis bientôt deux jours ; deux jours d'une pluie ininterrompue.

Quatre équipes mettaient tout en œuvre pour les retrouver, y compris la nuit. Les gendarmes ratissaient les alentours du lac, les hommes-grenouilles l'inspectaient jusque dans ses plus grandes profondeurs. Bob et Moétia, secondés par une poignée d'amis, participaient aussi aux recherches. John, enfin, comptait comme recrues la plupart des membres de sa belle-famille de Mataïéa. En vain.

Au moins, la pluie avait cessé. Pas encore disposé à baisser les bras, l'Hawaïen était revenu voir Maté, le cousin d'Aline, pour lui remplir le frigo et lui demander de bien vouloir garder encore un peu le catamaran.

« Ah, tu es toujours là, constata Maté en trouvant John dans sa cabine, assis au bord du lit à la couverture en tifaïfaï.

— Tu te rends compte ? déplora le père de Lili et Tana en désignant l'album photo qu'il feuilletait. Je ne peux les voir ailleurs que là-dessus, à présent. »

Il mit l'index sur une image le montrant en plongée avec ses enfants.

« Tiens, celle-là, c'était aux Australes. C'est Aline qui tenait l'appareil. Regarde, Lili était toute heureuse de se servir de… »

Il s'interrompit, se leva et fit coulisser le placard mural.

« Ma lampe de plongée, poursuivit-il, les yeux écarquillés. Ils l'ont emportée avec eux. Cela veut dire qu'ils ont bel et bien plongé, qu'ils n'avaient pas l'intention de traverser le lac pour rejoindre l'autre rive. »

Il retourna vers son lit en titubant comme s'il était saoul.

« Maté, mon petit Maté, dit-il en se rasseyant, le regard perdu. Ils ont organisé une véritable plongée sous-marine. L'absence de ma lampe le prouve.

— Tu ne penses tout de même pas que…

— Si, je le pense, dit John d'une voix tremblante. Ils ont présumé de leurs capacités, et… ils se sont noyés.

— Ou alors ils ont trouvé un passage au fond du lac…

— Un passage ? fit John, intrigué.

— Pourquoi pas ? supposa Maté en prenant place à ses côtés. Quand j'étais petit, ma grand-mère me racontait qu'un peuple vivait depuis très longtemps sous le lac Vaihiria. Ce n'est peut-être qu'une légende mais…

— Toute légende a un fond de vérité, compléta John en hochant la tête, l'air pensif. Oh, ce que j'aimerais que tu aies raison… »

Soudain, alors que Maté allait parler, les deux hommes sentirent un vent glacé tournoyer autour d'eux et disparaître presqu'aussitôt.

« Qu'est-ce que c'était ? demanda John, tout frissonnant.

— Le fantôme de ma grand-mère, répondit Maté en toute simplicité. Il lui arrive de se manifester quand je parle d'elle. »

Sans prévenir, John se leva et se dirigea en hâte vers le pont.

« Où vas-tu ? demanda Maté, sur ses talons.

— Vérifier les dires de ta mémé ! »

Deux hommes-grenouilles se hissèrent sur la berge et ôtèrent leur bouteille d'oxygène.

« S'il existe un passage, il ne se trouve certainement pas dans ce lac, grogna John en arrachant le masque de plongée de son visage.

— Un nourrisson est déjà trop gros pour passer dans l'une des fissures que nous avons aperçues, ajouta l'homme de l'équipe des secours maritimes, un Tahitien joufflu mais néanmoins sportif.

— Un peuple sous le lac, continua John en grimaçant. Des racontars, oui ! »

Il souffla pour laisser passer sa colère.

« De nombreux spéléologues ont cherché, tant sous l'eau que sur terre, souligna le gendarme. Ils n'ont, hélas, jamais rien trouvé. Pourtant…

— Oui ?

— Des gens ont vu de loin des hommes et des femmes, toujours accoutrés à l'ancienne. À chaque fois qu'ils ont tenté d'établir le contact, les apparitions se sont éclipsées en un clin d'œil !

— Mes amis les Sleg en ont vu, eux aussi, dit John sans réelle conviction. Alors, j'ai cherché avec eux.

— Eh bien ? fit le gendarme avec curiosité.

— Oh, nous avons bien déniché de petites grottes, mais rien, je peux vous l'assurer, qui conduise au centre de la terre. »

John scruta le lac, laissa échapper un long soupir et se frotta les yeux telle une mouche. Respectant sa peine, son interlocuteur demeura silencieux.

La mine désolée, John enleva sa combinaison grise

à bandes bleues et ses palmes. Après avoir remis ses vêtements — un short et un tee-shirt — il enfila une paire d'espadrilles. Sac sur le dos, bouteille d'oxygène sous le bras, il donna une poignée de main reconnaissante au gendarme et gravit la pente broussailleuse.

Plus haut, dans la forêt de mapés proche de la maison des Sleg, il posa la bouteille et, telle une âme en peine, s'assit lourdement sur le sac. À son désespoir et sa solitude s'ajoutait maintenant la fatigue. Vidé de toute espèce d'énergie, il laissa planer son regard sur l'étrange sous-bois. Le silence qui y régnait était tout aussi curieux : une atmosphère de cathédrale.

Joignant ses mains et baissant la tête, John invoqua en même temps les dieux maoris et le Dieu amené par les missionnaires. Un miracle, il ne comptait plus que sur un miracle…

16
Le défi

La course entre les équipages Taarii-Téva et Tana-Blanc-Blanc aurait dû se dérouler en petit comité. Or, le bouche à oreille l'avait transformée en lever de rideau de la grande course du lendemain.

Ainsi, deux clans de supporteurs s'étaient constitués sur la plage.

Celui de Taarii et Téva était surtout composé de jeunes filles admiratives.

Impressionnée par cet attroupement, Lili pensa à David Wellings, son chanteur préféré, qui déclenchait les mêmes scènes d'hystérie. Dans son clan, on était plus sage. Il y avait, bien sûr, Vaéa et ses copines, mais aussi des guerriers et des vahinés souhaitant voir pagayer Tana, le petit nouveau.

Puni, lui, se tenait entre les deux clans. En tant qu'arbitre, il devait se montrer impartial. Soudain, il fit signe aux deux équipages. Leurs supporteurs s'écartant devant eux, ils poussèrent leurs pirogues jusqu'à l'eau.

À quelques mètres de la rive, Tana dévisagea Blanc-Blanc.

« Qu'est-ce que j'ai ? s'inquiéta ce dernier en se tâtant le visage.

— Hein ? Oh, je ne sais pas. Il m'avait semblé... Non, rien du tout... C'est juste que je te trouvais un peu changé physiquement. À mon avis, c'est... Ce... ce doit être ta coiffure... Tu me fais penser à quelqu'un...

— Ben... Je me suis attaché les cheveux. C'est la première fois que tu me vois sans les cheveux défaits.

— Ah mais oui, c'est ça, termina Tana, c'est tout à fait ça. »

Puni s'approcha des quatre piroguiers.

« Vous devez faire trois tours de lac, expliqua-t-il, les pieds dans l'eau. Trois tours dans la partie claire, c'est-à-dire en longeant le bord.

— Que se passe-t-il si on va dans la partie sombre ? demanda Tana, intrigué.

— Aujourd'hui, on tolérera quelques incursions, dit Puni, mais demain, jour de la grande course, ce sera la disqualification immédiate. »

Tana acquiesça et rejoignit Blanc-Blanc dans la pirogue. Assis à la proue, ce dernier, déjà concentré, regardait droit devant lui.

Par contre, Téva et Taarii paraissaient très décontractés.

« On peut vous laisser un demi-tour d'avance, si vous voulez », lança Téva sur un ton moqueur qui énerva encore un peu plus Tana.

Lentement, Puni leva un bras. Comme leurs adversaires, Tana et Blanc-Blanc attendaient fébrilement le signal de départ.

Brusquement, le bras s'abaissa.

Sous les clameurs, les quatre piroguiers plongèrent leurs pagaies dans l'eau et filèrent. Puni sauta à son tour dans une pirogue et les suivit jusqu'à la sortie de la baie. Cessant de ramer, il constata que le clan des groupies s'était installé au pied du tiki de gauche et celui de Lili sous le tiki de droite.

« Au travail ! » se réjouit-il, les mains en guise d'appui-tête, les doigts de pieds en éventail.

Là, sur l'eau calme, il serait idéalement placé pour suivre et arbitrer la course… et jeter un œil sur Lili, sa prisonnière.

« Allez, Tana ! Allez, Blanc-Blanc ! hurla celle-ci en brandissant les poings pour les encourager.

— Ils pagaient bien tous les deux, fit remarquer Vaéa, très enthousiaste. Oh, ce serait formidable s'ils battaient ces deux vantards de Téva et Taarii. Allez, les gars ! Plus vite, plus vite ! »

Les groupies de l'autre clan encourageaient leurs vedettes avec autant d'ardeur. Peine perdue : les deux équipages, pour l'instant au coude à coude, étaient déjà trop loin pour entendre leurs partisans. En fait, tous ces cris sur la plage ne faisaient qu'attirer de nouveaux spectateurs.

Dans leur pirogue, Tana et Blanc-Blanc n'avaient qu'une préoccupation : ne pas se faire distancer par l'équipage adverse.

Mais brusquement, Taarii et Téva changèrent de cadence. Tana eut l'impression de se mesurer à deux machines sans état d'âme.

Très vite, les deux pirogues passèrent derrière l'îlot au maraé.

« Les revoilà ! s'écria Vaéa lorsqu'elles réapparurent. Oh, non ! Regarde, Lili ! »

La pirogue Taarii-Téva se détachait largement. Bientôt, elle compta au moins dix longueurs d'avance.

Lili semblait abasourdie par l'évidente supériorité de ces deux phénomènes et déroutée par l'attitude de son frère et Blanc-Blanc. Au lieu de s'alarmer, en effet, ces derniers observaient exactement le même rythme qu'au départ, soit une plongée de pagaie toutes les trois secondes.

« Mais c'est quoi, leur technique ? pesta Vaéa, les

bras en l'air. Ils vont finir avec un tour de retard. »

Pourtant, grâce à une trajectoire bien droite et sans à-coups, la technique semblait payer, l'écart se réduisait tout doucement.

Comme leurs supporteurs, Blanc-Blanc et Tana se demandaient si l'accélération de leurs adversaires était un coup d'esbroufe. Téva et Taarii allaient-ils avoir d'autres forces pour tenir cette cadence, s'épuisaient-ils déjà ou bien les laissaient-ils regagner un peu de terrain, pour jouer avec eux et les humilier ?

En tout cas, les deux pirogues passèrent ensemble sous les sentinelles de pierre. C'était le début de la deuxième boucle.

Contrairement à l'autre clan, un peu refroidi, Lili et ceux de son groupe exultaient.

Sur l'eau, l'affrontement faisait rage. Les pirogues se heurtaient, des regards de défi fusaient de part et d'autre.

Tenir, tenir, se dit Tana, *ne pas les laisser repartir. Encore une boucle et demie : c'est jouable.*

Tout à coup, comme il le craignait, Taarii et Téva imposèrent une nouvelle cadence. Il lui sembla qu'ils allaient deux fois plus vite que lors de leur première accélération.

« Cette fois, c'est cuit, soupira Vaéa depuis la berge.

— Pas sûr », fit Lili, plus confiante.

Tana et Blanc-Blanc suivaient toujours la même cadence, régulière, sans affolement. À l'image de leur souffle, leurs pagaies étaient maniées avec synchronisation, comme si un homme à quatre bras les plongeait dans l'eau. Sans se parler, les deux copains découvraient dans cette lutte à deux pour un seul but un sentiment d'unisson, de parfaite fraternité, qui faisait de leurs gestes une seule mécanique.

L'air stupéfait, Taarii assista au second retour de la

pirogue adverse. Sur le visage de Téva, par contre, on lisait la colère d'être, pour la première fois, malmené par des garçons de son âge.

« Donne tout, Taarii, donne tout ! » hurla-t-il comme un forcené.

Haletant comme des chiens, ils se détachèrent de nouveau à la fin de la deuxième boucle.

Sur la berge, Lili s'était rangée à l'avis de sa copine Vaéa. Elle ne croyait plus aux chances de victoire de Tana et Blanc-Blanc. Les pirogues venaient d'entamer la troisième et dernière boucle. L'équipage vedette comptait dix, douze, quinze mètres d'avance. L'écart avec Tana et son gardien allait en se creusant. Taarii prit même le temps de se retourner pour adresser à Tana un sourire narquois, comme pour lui dire « Ça y est : tout est perdu pour toi ».

Pour le fils de John Koki, ce fut la goutte d'eau qui fit déborder le vase. Ce sourire proclamait Taarii et Téva doublement vainqueurs. D'abord, il rappelait à Tana que les hommes de la tribu l'avaient fait prisonnier. Ensuite, on allait le battre sur l'eau, lui, le valeureux piroguier des fêtes de Papeete.

Loin devant, Taarii se retourna encore et fit mine de bâiller d'ennui.

Tana se sentit comme Vercingétorix humilié sous le pied et le sourire de Jules César. C'était trop. Un sentiment de rage et de révolte le submergea. Il fut soudainement animé par un deuxième souffle, de nouvelles forces le remplirent.

Il s'apprêtait à dire à Blanc-Blanc qu'il fallait changer de cadence. Ce ne fut pas nécessaire. Comme par télépathie, Blanc-Blanc s'exécuta. À l'image de ceux de Tana, les muscles de ses bras se gonflèrent et se tendirent avec plus de rapidité. Les pagaies des deux garçons plongeaient dans l'eau et en ressortaient beaucoup plus vite.

La pirogue semblait brusquement équipée d'un moteur ; et Blanc-Blanc et Tana n'entendaient que les pulsations accélérées de leurs cœurs.

Tout à coup, à cent mètres de l'arrivée, que symbolisait la première sentinelle de pierre, la pirogue de Tana et Blanc-Blanc parut aussi légère qu'une plume, et celle de leurs adversaires lestée de plomb. Téva et Taarii soufflant comme des ânes, étaient devenus deux piroguiers laborieux et, plus grave encore, commençaient à douter. Ils étaient encore bien devant, pourtant. En esprit, Tana se vit tendre un filin vers la pirogue de tête et la tirer vers lui. Cette vision trouva un écho dans la réalité : l'écart semblait en effet se réduire. Plus que cinquante mètres avant l'arrivée ! Les vagues formées par les pagaies de Blanc-Blanc et Tana faisaient faire des bonds impressionnants à leur embarcation, dont le balancier s'élevait et s'abaissait tel un yo-yo.

« C'est bon, s'exclama subitement Tana.

— Téva, ils nous dépassent », s'écria Taarii, les yeux exorbités.

Impuissants, l'air désemparé, ils croisèrent furtivement les regards déterminés de Tana et Blanc-Blanc.

Comme un seul homme, ces derniers poussèrent un cri si long et si fort qu'il sembla les propulser comme le vent. Galvanisés et prolongeant encore leur cri, ils passèrent les premiers et sans s'arrêter devant les tikis qui gardaient la baie.

Quelques mètres plus loin, ils émergèrent enfin de la course et virent de nouveau les rives du lac et les gens massés dessus. Ils ne rêvaient pas : les hourras leur étaient destinés. Aussi ému que le jour où le roi lui avait accordé le statut de guerrier, Blanc-Blanc se retourna vers Tana. Les deux garçons se regardaient sans parler mais leurs yeux se disaient qu'ils venaient d'accomplir un exploit, leur exploit : battre les piroguiers-espoirs du village. Cette performance, ils l'avaient accomplie ensemble. Quoi qu'il advienne, elle scellait à jamais une formidable amitié, et peut-être même plus : une fraternité.

Dans l'immédiat, il convenait de revenir sur la plage afin d'y recevoir les honneurs.

« Vous avez été excellents », reconnut Puni, dans sa pirogue, lorsqu'ils entrèrent dans la petite baie.

Tana et Blanc-Blanc étaient maintenant assourdis par les clameurs que leurs efforts et leur concentration leur avaient dissimulées pendant toute la course. Leurs supporteurs, à gauche, mais aussi les fans de leurs adversaires, à droite, s'étaient empressés de quitter leurs places sous les tikis et allaient les rejoindre sur la plage.

« Bravo, mes champions ! s'exclama Lili en se jetant au cou de Tana et Blanc-Blanc dès qu'ils mirent le pied sur la terre ferme.

— Je n'ai jamais douté de votre victoire », affirma Vaéa avec un toupet qui fit sourire Lili.

Quant à Puni, sans un mot mais la mine radieuse, il sauta de sa pirogue et souleva les vainqueurs comme un seul homme.

Bien sûr, les vahinés les couvrirent de colliers de fleurs. Ils avaient la sensation d'avoir gagné la grande course, la vraie, celle du lendemain.

Se frayant un chemin parmi la foule, Taarii et Téva, oubliés de tous, l'air dépité, parvinrent à s'approcher des héros.

« On a bien fait de ne pas trop forcer, confia Téva à son coéquipier.

— Oui, approuva Taarii. Comme cela, ils gardent un peu d'espoir pour demain.

— Profitez de votre tour d'honneur, conseilla Téva. La gloire est éphémère, vous savez.

— Quel culot ! s'indigna Tana alors que les deux jeunes adultes étaient déjà repartis. Eh, vous deux, attendez…

— Laisse, fit Blanc-Blanc. Il a raison : allons faire notre tour d'honneur. On en profitera pour faire les dernières mises au point.

— D'accord, je te suis, dit Tana après avoir embrassé Lili. À tout à l'heure, petite sœur ! »

Sous les acclamations, ils remontèrent dans la pirogue.

Hors de la baie, Tana cessa de pagayer.

« Cette victoire me rend vraiment heureux, affirma-t-il, la mine réjouie.

— Moi aussi, assura Blanc-Blanc en s'asseyant de manière à lui faire face. On a ravi un tas de gens, à commencer par ta sœur, et on a donné une leçon à ces prétentieux de Taarii et Téva... Bah, après tout, ils sont plus bêtes que méchants.

— Tu crois qu'on peut les battre encore, demain ? demanda Tana, enthousiaste.

— C'est possible, mais il y aura de la revanche dans l'air. Et puis il y a aussi tous les champions du village. Il ne faudrait pas les oublier. »

Ils se turent un instant, l'air perdu dans leurs pensées.

« J'ai bien réfléchi, Tana, dit soudain Blanc-Blanc.

— À la manière de gagner la course ?

— Non, à quelque chose de bien plus crucial ! »

Tana semblait se demander ce qui pouvait être plus important que la grande course.

« Après ce qui vient de se passer entre nous, se lança Blanc-Blanc, et compte tenu de ma propre envie de connaître la surface, je... je pense que je vais t'aider à fuir. »

Tana resta bouche bée, tombant des nues. Il ne pouvait pourtant s'agir de paroles en l'air. Blanc-Blanc avait l'air trop sérieux. Tana, même s'il venait de découvrir une amitié comme il n'en avait jamais connue auparavant, ne voulait pas perdre une chance, peut-être unique, de s'évader et revoir ses parents.

« Nous profiterons de la confusion qui régnera demain ? supposa-t-il.

— Oui, bien sûr, confirma Blanc-Blanc, mais ce n'est pas tout…

— Ah bon ? fit Tana, l'eau à la bouche.

— Pendant la course, un événement mystérieux va occuper le sorcier et les guerriers, et la surveillance va se relâcher. Écoute : je vais t'expliquer mon plan… »

17
Une autre raison de fuir

En attendant le dîner, Lili et Tana s'étaient assis contre une hutte de forme circulaire jouxtant le faré amu. Comme ils voulaient discuter tranquillement, Tana avait demandé à Blanc-Blanc de tenir Puni à distance.

« C'est bon, assura-t-il en adressant un signe amical aux gardiens qui les surveillaient depuis la place centrale. D'ici, Puni n'entendra rien.

— Bien, fit Lili. En ce qui me concerne, je suis prête à tout risquer pour ficher le camp d'ici.

— Je n'éluciderai jamais tous ces événements bizarres, déplora Tana. Ni ceux que j'ai d'abord vécus seul, ni ceux que j'ai ensuite connus avec toi.

— Ne me dis pas que tu veux rester ici pour tout savoir, s'inquiéta Lili.

— Non, bien sûr ! Moi aussi, je veux partir. »

Tana dressa la tête et tendit l'oreille. Il avait bel et bien entendu des voix, là, juste derrière lui ; des voix familières.

Risquant un œil par un store en bambou entrouvert, il vit le sorcier, Riro et les deux vieillards membres du conseil s'asseoir dans la pénombre auprès du roi.

Curieuse comme à son habitude, Lili se leva et épia les notables par-dessus l'épaule de son frère.

« Tous ces événements bizarres autour des prisonniers sont révélateurs, fit observer le sorcier sur un ton affirmatif. Je propose d'agir dès que nous aurons réglé la première affaire. »

Lili et Tana se regardèrent d'un air ébahi. S'ils étaient les prisonniers concernés, quelle était donc cette première affaire que le sorcier souhaitait régler avant tout ? C'était sans nul doute pour cette même affaire qu'il demeurait cloîtré dans son faré, aussi bien gardé qu'un dépôt d'or.

« Le mana semble effectivement s'intéresser à Lili et Tana, confirma Riro. Malgré tout…

— Pas besoin de tergiverser, coupa le sorcier.

— Mais, balbutia Riro, le lézard avec qui je les ai vus la première fois ne les a pas accompagnés jusqu'à notre village. Il… il ne sera pas présent au moment crucial.

— Il apparaîtra peut-être à ce moment-là, fit espérer le sorcier. Si ce n'est pas le cas, les guerriers iront en attraper un autre. Après tout, ce ne sont pas les lézards qui manquent, par chez nous.

— Avec ou sans lézard, le risque demeure, rappela Riro en implorant le roi du regard.

— Qu'en pensent les anciens prêtres ? demanda Ori a Ori en se tournant vers les deux vieillards.

— Je suis de l'avis du sorcier, répondit l'un.

— Ces deux enfants me paraissent les meilleurs candidats jamais présentés », affirma l'autre.

Le roi se leva, l'air soucieux, et se dirigea d'un pas lent vers le volet derrière lequel se tenaient les petits espions.

Lili se dressa sur ses jambes. Avec une vitesse fulgurante, Tana saisit un pan de son paréo et l'obligea à se rasseoir. Ori a Ori écarta le volet en bambou et scruta machinalement le lac. Juste en dessous, Lili et Tana, immobiles, retenant leur respiration, priaient qu'il ne les découvre pas.

« Nous nous occuperons d'eux tout de suite après la course », trancha finalement le monarque.

Il revint vers ses sujets, qui se gardèrent, y compris Riro, de contester sa décision. Ori a Ori venait de mettre un terme à la réunion. Le sorcier, Riro et les deux vieillards ne tardèrent pas à se lever et à le suivre hors de la hutte.

« Ils s'en vont, chuchota Lili.

— Attends un peu, conseilla Tana, qui préférait patienter jusqu'à ce qu'il n'entende plus rien. Oui, c'est bon, ils sont partis. »

Lili souffla.

« Tu veux toujours découvrir le grand secret du lac Vaihiria ? demanda-t-elle, un brin taquine.

— Oh que non ! s'exclama Tana en l'aidant à se relever. On fait comme on a dit : on met les bouts pendant la course. »

Feignant l'innocence, ils rejoignirent leurs gardiens. Tana dévisagea Blanc-Blanc et cligna des yeux. C'était le code convenu entre eux pour le maintien du plan d'évasion. Dans le dos de Puni, le fils du sorcier manifesta sa joie par un sourire radieux.

18
La grande course

Personne ne voulait manquer l'événement majeur de l'année. À l'exception des sentinelles postées aux entrées du monde souterrain et autour de la hutte du sorcier, les habitants du village s'étaient tous dispersés autour du lac.

Sur la plage, des hommes tapaient avec de grosses baguettes sur les toérés, cylindres en bois creux et fendus dans leur longueur. Répondant à leur musique, des femmes en jupes de fibre et soutiens-gorge en noix de coco dansaient en ondulant des hanches. Les feuilles à leurs chevilles et aux poignets semblaient agitées par le vent. Ajoutées aux colliers et couronnes de fleurs, ces parures végétales leur donnaient l'allure de plantes animées. Dans la même tenue, une fillette de trois ans reproduisait leurs mouvements et suscitait l'admiration.

Lili, pour sa part, s'était installée loin du village. Les pieds dans l'eau, assise sur un rocher plat et étroit que dominait une muraille de basalte, elle suivrait la course en compagnie de Vaéa et de ses copines.

Toujours en retrait dès qu'il y avait beaucoup de filles, Puni se tenait à une bonne vingtaine de mètres.

Soudain, la musique cessa.

« Tiens, nota Vaéa, en l'absence du sorcier, c'est le

Diseur de la mémoire longue qui va donner le kava aux piroguiers. »

Dans un silence impressionnant, Riro, le récipient en bois nommé umété entre les mains, accompagna les concurrents sur la plage.

« Voici le kava de fraternité, de loyauté et de puissance, annonça-t-il solennellement en levant l'umété. En le buvant, chacun d'entre vous s'engage à mener la meilleure course possible, dans le respect des adversaires. »

Les piroguiers approuvèrent les paroles du vieux sage. Avec beaucoup d'émotion, il remit le récipient au doyen d'entre eux, un homme d'une cinquantaine d'années.

« Que Pélé, Oro et Taharoa vous accordent leur bénédiction », dit-il ensuite tandis que les concurrents buvaient le kava l'un après l'autre.

Vint le tour de Tana.

« C'est bon mais c'est fort, confia-t-il à Blanc-Blanc en s'efforçant de ne pas tousser.

— Bonne chance, Tana ! glissa discrètement Riro. Avec sa puissance et ton mana, Blanc-Blanc et toi pouvez surprendre tout le monde aujourd'hui. »

Tu ne crois pas si bien dire, pensa Tana, ses yeux dans ceux du vieil homme.

Sous les acclamations de la foule, les quinze équipages s'approchèrent de leurs pirogues.

« Tu as vu tous ces costauds ? dit Lili sur un ton enjoué censé masquer sa fébrilité.

— Ton frère et Blanc-Blanc ont battu Téva et Taarii, qui figurent parmi les meilleurs piroguiers de la tribu, rappela Vaéa, l'air optimiste. Maintenant, pour eux, tout est possible, y compris gagner la course.

— Eh, s'exclama Lili, ils nous font un petit coucou. »

Tana et Blanc-Blanc, debout près de leur pirogue, leur adressaient effectivement un signe de la main. Mais à présent, il leur fallait se concentrer et se décontracter, ce qui s'avérait particulièrement difficile : Blanc-Blanc allait se mettre en danger en bravant l'autorité de son roi, Tana devait s'évader…

Malgré tout, à l'image de leurs adversaires, ils se livrèrent à des exercices de respiration et d'assouplissement, vérifièrent l'état de la pirogue et des pagaies.

Peu à peu, le silence se fit. Le piroguier quinquagénaire hurla quelques mots en tahitien. Suivi par son coéquipier, il fit quelques pas vers l'équipage adverse le plus proche et s'arrêta. Jambes écartées et pliées, ils dévisagèrent méchamment leurs adversaires, qui leur rendirent aussitôt la pareille.

« Tu es prêt ? demanda Blanc-Blanc tandis que d'autres équipages se défiaient déjà.

— Oui, soupira Tana. Nous n'avons pas beaucoup répété la partie spectacle. Enfin, je vais essayer d'être le plus intimidant possible. »

Comme il l'avait prévu, Téva et Taarii vinrent se camper face à eux.

En même temps que le doyen des piroguiers, tous les concurrents présents sur la plage entamèrent une chorégraphie et des chants guerriers rappelant le fameux *aka* de l'équipe néo-zélandaise de rugby.

Si le ton et le regard sévère de Tana étaient convaincants, sa gestuelle, en revanche, laissait à désirer, du moins au début. N'ayant pas l'habitude de se marteler les cuisses et la poitrine, il dut en effet réprimer une furieuse envie d'exprimer sa douleur. Cependant, la deuxième partie de son exhibition fut beaucoup plus réussie. Ses poings se déplacèrent avec autorité, il mima avec beaucoup de réalisme la langue allant et venant des serpents et des lézards. Téva, malgré sa virulence, ne parvint pas à l'intimider et finit même par baisser les paupières.

Blanc-Blanc, quant à lui, fit jeu égal avec Taarii.

La fin subite du *aka* déclencha les clameurs et les applaudissements du public.

Puis, dans le plus grand silence, tous les regards convergèrent sur Ori a Ori. Dominant ses sujets sur une chaise en bambou haute de plus de deux mètres, paré d'une grande coiffure ornée de nacres, le roi leva et baissa son sceptre. C'était le signal de départ. Aussitôt, les concurrents mirent leurs pirogues à l'eau et s'élancèrent sur le lac.

Il fallait boucler dix tours sur la partie la plus claire, à savoir les vingt premiers mètres depuis la berge. Comme l'avait expliqué Puni la veille, une incursion dans la partie sombre pouvait être sanctionnée par une disqualification. Aussi, les piroguiers s'évertuaient tous à bien garder leur cap.

Parés de longues robes en tapa, des juges s'étaient installés un peu partout sur l'îlot et les berges, guettant la moindre infraction aux règles établies et comptant le nombre de tours de chaque pirogue.

« Ça alors ! s'écria Tana au bout du premier tour. Regarde à droite, Blanc-Blanc ! »

Blanc-Blanc constata qu'il n'y avait plus le moindre garde autour de la hutte de son père.

« Je t'avais dit qu'une mission les mobiliserait pendant la course, rappela-t-il sans ralentir leur cadence. Je ne sais toujours pas de quoi il s'agit mais tu vois : j'avais raison.

— Attention, Blanc-Blanc ! » cria brusquement Tana.

Le fils du sorcier reconnut Téva et Taarii, leurs adversaires de la veille. Ils dérivaient volontairement et allaient heurter leur pirogue.

« Ils n'ont pas digéré leur défaite, fit remarquer Blanc-Blanc. Ils… Oh, les petits malins, ils veulent nous pousser hors des limites autorisées. »

Dans leur pirogue, Téva et Taarii se réjouissaient déjà : ils étaient sur le point d'éliminer de sérieux adversaires… et tenaient leur revanche…

« Plus vite, Tana, plus vite ! cria Blanc-Blanc.

— Non, au contraire : pagaie dans l'eau pour freiner ! »

Même s'il ne saisissait pas la stratégie de son coéquipier, Blanc-Blanc s'exécuta. Au lieu de les percuter, Téva et Taarii leur passèrent devant en diagonale et s'échouèrent dans la partie sombre à leur place. Aussitôt, à leur grand désarroi, un juge leur fit signe de sortir du lac.

« Bien joué, belle tactique, approuva Blanc-Blanc, tout surpris d'en avoir déjà fini avec eux, mais maintenant, on est à la traîne. »

Mauvaise nouvelle pour Tana, qui ne pouvait mettre le plan à exécution autrement que noyé dans la masse des pirogues.

« Souque ferme, garçon ! dit-il, comme un vieux loup de mer. Tu sais qu'on peut les rattraper. »

Déployant leurs muscles plus encore que la veille, à l'entraînement, ils atteignirent rapidement la partie située derrière l'îlot au maraé. D'abord, ils prirent en chasse la seule pirogue en vue à ce moment-là et la doublèrent sans difficulté. À la sortie du dernier virage, enfin, ils distinguèrent le peloton.

« C'est très bien, se réjouit Blanc-Blanc. On va recoller. »

Poursuivant leur effort, ils rejoignirent la tête de la course sous les grands tikis de la baie.

Le troisième tour commençait.

« Bon, tempéra Blanc-Blanc en regardant derrière lui, maintenant, on se calme et on reste dans la masse. »

Mais Tana lui souriait béatement et rougissait comme une tomate, comme si un feu s'était subitement allumé en lui.

« Regarde, Blanc-Blanc : deux pirogues font une échappée ; on peut en faire partie, vieux, on en a les capacités.

— Qu'est-ce que tu racontes ? fit Blanc-Blanc en se retournant de nouveau, l'air déconcerté. Notre but n'est pas de gagner la course mais de vous faire évader, ta sœur et toi.

— Mais enfin, protesta Tana, les yeux brillants, je n'aurai peut-être jamais plus l'opportunité d'être le meilleur piroguier de la tribu. Non, décidément, c'est trop bête. »

Et il se mit à pagayer plus vite que jamais.

« Non, Tana, arrête ! supplia Blanc-Blanc. T'es fou ou quoi ? »

Comme envoûté, Tana gardait la même cadence infernale et répétait inlassablement : « On est les meilleurs, on va gagner ».

— Le kava, se rappela Blanc-Blanc. Il n'a pas l'habitude d'en boire : l'alcool qu'il contient lui monte à la tête. Eh, Tana ! Tana ! »

Le jeune géant semblait ne rien entendre.

« Tanaaaaaa ! »

Leur pirogue avait pris la tête du peloton et commençait à s'en détacher.

Or, ils approchaient de l'endroit fixé pour la fuite.

Tant pis, pensa Blanc-Blanc. C'est risqué, c'est trop tôt, mais je dois mettre le plan à exécution. L'eau froide du lac dessoûlera Tana.

Il regarda furtivement Lili et hocha la tête. C'était le signal. Lentement, discrètement, elle mit les cuisses dans l'eau.

Rassemblant toutes ses forces, Blanc-Blanc parvint à dévier la pirogue de la trajectoire que lui donnait Tana et à la diriger vers la paroi. Pour l'éviter, deux pirogues se télescopèrent, une autre chavira.

Maintenant ! se dit Blanc-Blanc, un instant avant le choc contre la muraille de basalte.

Il pencha de tout son poids du côté droit, tant et si bien que l'embarcation se retourna. Tana s'apprêtait à refaire surface lorsque, les yeux écarquillés, il réalisa pourquoi il était sous l'eau.

Sur les berges et l'îlot, les juges mais aussi les simples spectateurs étaient consternés par cet accident.

Profitant de la confusion qui régnait à ce moment-là, Lili s'immergea, nagea contre le lit du lac et retrouva son frère. Se glissant l'un après l'autre dans un étroit goulet sous-marin, ils débouchèrent trente secondes plus tard dans une grotte minuscule, à la voûte éclairée par les désormais familières araignées, et se hissèrent sur les rochers noirs qui la clairsemaient.

« Ce kava m'a fait perdre la boule, dit Tana, encore un peu titubant.

— On parlera de cela plus tard, conseilla Lili. Vite, avant qu'on ne s'aperçoive de notre disparition. »

Ils s'enfoncèrent dans la grotte et arrivèrent sous un puits naturel qu'éclairaient à perte de vue d'autres araignées.

« Nos amies les lumineuses vont nous être très utiles, nota Lili, les yeux levés. On… on dirait un gratte-ciel… la nuit… à Honolulu…

— C'est une ascension dangereuse, déplora Tana, mais il faut y aller quand même. Là-haut, c'est la liberté.

— Je n'arriverai jamais à grimper là-dedans, fit Lili, très impressionnée.

— Il le faudra bien, petite sœur. Allez, passe devant ! »

Les araignées s'écartaient des prises que trouvaient les deux apprentis alpinistes. Dans leur lumière, ils entamèrent l'escalade la plus périlleuse de toute leur existence.

19
Venue de l'arc-en-ciel

Un nouvel orage avait éclaté.

Dans leurs cirés noirs qui les protégeaient d'une pluie toujours aussi forte, l'adjudant Mariani, Tony et leurs collègues fouillaient une dernière fois la forêt de châtaigniers tahitiens proche de la maison des Sleg.

« Trois jours qu'on couvre le lac et ses environs, fit observer Mariani en venant près de Tony. À mon avis, on ne les retrouvera pas. C'est fichu ! Faut arrêter les recherches… »

Il s'assit sur un tronc d'arbre mort, ou plutôt il se laissa tomber de fatigue, de découragement. Il ne s'était pas rasé depuis trois jours. Comme tous les autres hommes du groupe de recherches, il avait mangé à la hâte des sandwichs tout en fouillant les plantes et les rochers, bu à sa gourde tout en scrutant l'horizon, dormi deux heures par nuit sur la banquette arrière du fourgon de la gendarmerie.

D'habitude, il commençait ses enquêtes quand le mal était fait, quand le criminel avait déjà frappé. Il lui fallait alors vite inspecter les lieux pour trouver des empreintes ou un objet permettant d'identifier le coupable.

Mais là, le mal n'était peut-être pas encore fait : les enfants et leur mère étaient peut-être encore vivants. Il enrageait de n'avoir rien trouvé, pas le moindre indice. La tête dans les épaules, le cœur serré, des larmes lui montant aux yeux, il regardait son téléphone portable. Que faire ? Il hésitait encore à composer le numéro pour ordonner l'arrêt des recherches.

Mon Dieu, je donnerais tout pour en sauver au moins un, implora-t-il en levant la tête. Pourquoi n'ai-je rien trouvé ?... Pourquoi ? Et cette saleté d'averse...

Brusquement, à son grand étonnement, la pluie cessa.

« Eh oui, mon adjudant, expliqua Tony, chez nous, même les plus grosses pluies s'arrêtent d'un coup. »

Mariani se leva et vit l'éclat du soleil percer déjà le couvert des mapés. Les feuilles de ces derniers ainsi que l'herbe et les plantes étaient gorgées d'eau et parées d'un vert éclatant.

Attiré par autre chose, Tony était sorti du bois.

« Qu'as-tu vu ? demanda son supérieur lorsqu'il le rejoignit quelques secondes plus tard.

— J'avais remarqué une autre lumière que celle du soleil », répondit Tony, les yeux fixés sur l'arc-en-ciel qui prenait naissance en contrebas.

Une femme en paréo semblait sortir des sept couleurs.

« Ça par exemple ! s'exclama l'adjudant. Viens, Tony ! »

Ils dévalèrent la pente. L'air absent, la femme marchait au ralenti.

« Madame Koki ? souffla Mariani en prenant et tapotant sa main.

— Oui, c'est elle, confirma Tony. Ia orana, Aline !

— Ia orana, Tony ! dit simplement la Tahitienne.

— Vous vous connaissez ? demanda Mariani, l'air étonné.

— Affirmatif, mon adjudant ! Nous étions dans la

même classe pendant toute l'école primaire. »

Il sourit à Aline et, la voix empreinte d'émotion, lui dit sa joie de la retrouver saine et sauve.

Mariani était si heureux, lui aussi, qu'il aurait sauté au cou d'Aline si son devoir de gendarme le lui avait permis.

Pour l'heure, elle paraissait bien faible. Parant au plus pressé, l'adjudant fit signe à Tony de la soutenir par l'autre bras, et ils remontèrent doucement.

« Tout va bien aller, maintenant, poursuivit-il. Je ne sais pas ce qui vous est arrivé mais c'est terminé.

— Je ne sais pas non plus, avoua Aline, l'air de sortir d'un long sommeil. La foudre est tombée. J'ai reçu une branche sur la tête. Quand je suis revenue à moi, j'étais de l'autre côté du lac. J'ai marché et... »

Elle s'arrêta et balaya le paysage du regard.

« Mes enfants ! s'écria-t-elle. A-t-on retrouvé mes enfants ?

— Pas encore, déplora Mariani, plus décidé que jamais à poursuivre les recherches, mais on vient de vous retrouver au bout de trois jours, nous pouvons donc es...

— Trois jours ? J'ai disparu pendant trois jours ?

— Affirmatif, fit l'adjudant. Mais venez, Madame... Eh, Madame Koki... »

Elle regardait fixement le haut de la colline. Sortant des châtaigniers tahitiens, un homme de grande taille avança, titubant de fatigue, l'air désespéré. Tournant la tête, il vit Aline. Sa bouche s'ouvrit mais aucun son n'en sortit.

« JOHN ? »

John — c'était bien lui — écarta les bras, se rua au bas de la pente et se jeta sur Aline. Pendant un long moment, ils se couvrirent de baisers.

L'adjudant jeta un regard ému à Tony puis, avec son portable, transmit la bonne nouvelle à ses hommes.

Écoutant d'une oreille, John l'entendit leur annoncer que les recherches continuaient de plus belle.

« Oh, comme c'est bon de te revoir, se réjouit-il, son front contre celui d'Aline. J'ai… j'ai eu si peur. »

Il posa tendrement les mains sur ses joues un peu creusées :

« Oh, ma puce, comme tu as l'air fatiguée.

— Ce n'est rien, dit-elle d'une petite voix. Quand tout sera vraiment fini, je dormirai pendant une semaine. Pour l'instant, il faut retrouver les enfants…

— Tu es là, alors, on va les retrouver aussi, dit John sur un ton affirmatif. Il ne peut en être autrement. »

20
Une grande agitation

« *Escaladez la paroi de gauche jusqu'à la plate-forme,* avait conseillé Blanc-Blanc. *Contrairement à celle de droite, les prises y sont excellentes.*

— Comment on fait, maintenant ? demanda Lili, assise sur la plate-forme en question.

— Il faut rejoindre l'autre bord », proposa Tana en se hissant auprès d'elle.

Lili fixa le plateau d'en face d'un air interdit.

« Mais c'est à plus d'un mètre cinquante. Tu réalises la chute que nous allons faire si nous ratons notre saut ? »

Tana ne dit rien et sourit. L'air perplexe, Lili le vit chercher quelque chose sous son pagne.

« C'est Blanc-Blanc qui me l'a donnée, expliqua-t-il en déroulant une lanière. Elle est en cuir de cochon, alors avant que ça casse… »

Il fabriqua à la hâte un lasso d'allure grossière. Tout en le faisant tournoyer au-dessus de sa tête, il visa l'une des stalagmites situées de l'autre côté.

« Et hop ! s'exclama-t-il en lançant la boucle. Mince, raté ! »

Le deuxième essai fut tout aussi infructueux.

« Bingo ! » se réjouit-il lorsqu'à la troisième tentative la boucle descendit autour de la pointe en basalte.

Tana tira vers lui de toutes ses forces jusqu'à ce que le nœud coulant fût bloqué.

« Allez, à toi, Lili ! » dit-il en lui tendant la lanière.

Lili se mit debout avec hésitation.

« Pou... pourquoi moi ? Passe d'abord ! Montre-moi comment tu t'y prends !

— Tu dois passer avant. La lanière peut se déchirer légèrement sous mon poids et ne plus tenir qu'à quelques fils quand ce sera ton tour.

— Mais je n'y arriverai jamais, bredouilla Lili en regardant le trou sans fond sous ses pieds. Laisse-moi ! Je vais retourner au village, toi, tu avertiras papa et maman et...

— Ça suffit. Il est hors de question que je t'abandonne ici. Alors, à trois, tu y vas ou tu as droit à la plus belle paire de claques de ta vie. Un... deux... »

Redoutant peut-être plus la paire de claques qu'une chute dans le puits, Lili s'élança comme une guenon au bout d'une liane et rejoignit l'autre bord.

« Bravo, Lili, t'es une championne ! À moi, maintenant ! »

Lili lui envoya la lanière.

« J'ai peur, Tana. N'oublie pas ce que tu viens de me dire : tu es plus lourd que moi... »

Mais il s'était déjà élancé par-dessus le puits aux lumineuses.

Crrrrrr...

« Tana ! Noooooon ! »

La lanière céda. Tana allait faire une chute de plus de cent mètres. Par réflexe, dans un choc violent, ses doigts s'agrippèrent au rebord de la plate-forme. En une fraction de seconde, sa main droite lâcha prise.

« Aide-moi, Lili ! Viiiiite ! »

Lili saisit l'autre main de Tana à l'instant précis où il allait faire le grand saut.

« Han, tu es lourd, gémit-elle, entraînée par le poids du jeune colosse. On va tomber tous les deux.

— Jamais ! Lâche-moi, qu'il y en ait au moins un qui survive !

— Cause toujours ! »

Mais Tana était décidément trop lourd. De plus en plus vite, il entraînait Lili au-dessus du gouffre. Le buste de la fillette surplombait le vide mais elle ne voulait toujours pas lâcher son frère. Et sa main, de plus en plus moite, glissait inexorablement.

« Noooon ! » hurla-t-elle, horrifiée, quand les deux mains se séparèrent et qu'elle vit Tana, les yeux hagards, chuter dans le puits aux araignées.

Son frère n'était déjà plus qu'un petit point dans le noir. Elle criait, elle pleurait, se tirait les cheveux à les arracher.

Tana, quant à lui, tombait si vite que les araignées n'étaient plus que des traits lumineux. Imaginant un instant ses membres disloqués, ses os réduits en bouillie quand il s'écraserait au sol dans une poignée de secondes, il allait fermer les yeux, littéralement terrorisé, et remettre son âme à…

Brusquement, des milliers de fils jaillirent des parois et convergèrent sur lui. Puis vint le choc, brutal, à couper le souffle.

« Tiens, c'est bizarre, dit-il, un peu sonné. J'ai moins mal que ce que j'avais imaginé… »

Sans comprendre par quel miracle, il réalisa qu'il était bien vivant et entier. Ses pieds pendaient dans le vide, à quelques mètres au-dessus du sol. Lui, il était emberlificoté, collé comme une vulgaire petite mouche dans les fils de soie qui avaient stoppé sa chute ; les fils des araignées. Mais pourquoi un tel geste ? Les lumineuses l'avaient-elles sauvé ? Allaient-elles le dévorer vivant ?

Lili, de son côté, ne se posait aucune question. La fin horrible de Tana l'avait anéantie. Bien qu'éveillée, elle n'était plus consciente de rien. Ses pieds avançaient imperceptiblement vers l'abîme. Ses yeux humides lui faisaient voir flou, les araignées commençaient à tourner comme dans un infernal carrousel. Lili-goutte de pluie allait suivre ses larmes dans leur chute.

« Han, qu'est-ce que c'est ? » s'écria-t-elle soudain.

Elle vit d'abord le vide, qui l'attirait comme un aimant. Battant l'air avec de grands moulinets, elle se rétablit de justesse sur la plate-forme. Le visage blême, le souffle court, elle se rapprocha prudemment du bord. Telle une décharge électrique, une vision insolite, loin en contrebas, l'avait brutalement sortie de sa torpeur. De forme blanche, spectrale, la chose était toujours là. Elle montait contre la paroi à vive allure et avec aisance. Comprenant qu'elle était le gibier, Lili poussa des cris de terreur qui résonnèrent dans tout le puits. Imperturbable, le monstre grimpait toujours vers sa proie. À l'idée de finir dévorée, Lili pensa un instant se jeter dans le trou et connaître le même sort que son frère.

Son instinct de survie prenant le dessus, elle se précipita vers la muraille pour y grimper. Jetant un œil derrière, elle poussa un cri de terreur : la chose se hissait sur la terrasse de basalte, prête à bondir et la dévorer.

« N'aie pas peur ! dit la créature. C'est moi ; c'est Tana.

— Tana ? balbutia la fillette, pas vraiment convaincue.

— Mais oui ! insista son frère, à présent debout. Regarde ! »

Il ôta à pleines poignées les couches de fils de soie qui l'enveloppaient. Définitivement rassurée, Lili se précipita dans ses bras et éclata en sanglots. Dès qu'elle fut remise de ses émotions, Tana lui expliqua comment les araignées l'avaient sauvé quelques secondes avant l'impact. Il raconta aussi comment elles l'avaient délicatement déposé au sol, en donnant du mou à leurs fils de soie.

« Comme tu as pu le voir, je suis remonté par la paroi de droite, la plus dangereuse, termina Tana. Je n'avais plus peur de tomber, tu comprends : je sentais, je savais que mes amis les araignées étaient prêtes à intervenir à tout moment... »

Épatée, Lili n'en était pas moins reconnaissante. Comme Tana quelques instants avant, elle remercia de tout cœur les lumineuses. Puis elle suivit son frère sur la nouvelle et courte paroi, toujours pleine d'araignées, qui se présentait maintenant. Cinq mètres plus haut, le puits partait à l'horizontale et rejoignait une petite grotte.

« Blanc-Blanc a dit *toujours tout droit,* se souvint Tana. C'est par là. »

Ils s'engagèrent dans un couloir qui obligea Tana à marcher le dos courbé.

« Voyons... Il a parlé d'un deuxième couloir sur notre gauche.

— J'ai trouvé, s'écria Lili.

— Bravo, frangine ! »

C'était de plus en plus bas de plafond. Une fois de plus, ils durent se résoudre à ramper. Bientôt, la lumière du jour filtrant à travers les plantes qui obstruaient l'entrée succéda à celle des araignées fluorescentes.

« La sortie ! s'exclama Lili. Ça y est, on a réussi.

— Je dois une fière chandelle à ce brave Blanc-Blanc, fit observer Tana sur un ton reconnaissant. Avec ce kava qui m'avait tourné la tête...

— Une chose est sûre : ce chemin connu de lui seul existe bel et bien, dit Lili.

— Oui, c'est vrai. J'espère seulement qu'il n'aura pas de problème à cause de nous. »

Lili écarta rapidement les énormes philodendrons

qui dissimulaient le couloir. La lumière pourtant faible du crépuscule l'obligea à cligner des yeux.

« Libres ! Nous sommes l… »

Tana s'empressa de lui mettre une main devant la bouche. Les yeux écarquillés d'effroi, elle s'immobilisa et retint son souffle.

Une torche à la main, le sorcier et les quatre gardiens de sa hutte passaient à quelques mètres devant eux.

« Ils reviennent de leur mystérieuse mission, murmura Tana dès qu'ils se furent éloignés.

— Oh mon Dieu, réalisa Lili d'une voix aussi basse. À quelques secondes près, on tombait nez à nez avec eux…

— Et ils nous obligeaient à retourner au village. Alors, maintenant, silence ou tu vas nous faire repérer. Allez, fais comme moi, vite ! »

À quatre pattes tels des chats, ils sortirent du trou et avancèrent entre les plantes trempées par la pluie et assombries par la nuit tombante.

« Blanc-Blanc, que fais-tu ici ? » entendit Tana à une vingtaine de mètres du trou.

Il fit signe à Lili de s'arrêter. Comme lui, elle avait reconnu la voix du sorcier.

« Mon prisonnier s'est échappé, expliqua Blanc-Blanc. Avec… euh… avec sa sœur…

— Ô grand sorcier, dit une autre voix, ton fils oublie de préciser qu'il les a bien aidés.

— Co… co… comment ? bégaya le sorcier.

— Il leur a indiqué un chemin connu de lui seul, poursuivit la voix. Allez, Blanc-Blanc, montre nous l'endroit où on peut les cueillir !

— Comment as-tu pu trahir ainsi les tiens ? gémit le sorcier. Moi, je viens de libérer leur mère mais c'était sans danger. Comme elle était inconsciente pendant ces trois jours, elle n'a absolument rien pu voir de notre village. »

Lili et Tana échangèrent un regard stupéfait. Leur mère était donc la cause de toutes ces précautions autour de la hutte du sorcier.

« Eux, par contre, ils peuvent tout raconter, continua ce dernier.

— Blanc-Blanc, dit encore la voix sur un ton plus vif. Où est ce trou dont tu nous as parlé ?

— Ici, avoua Blanc-Blanc d'une voix pleine d'amertume. Ils ne vont plus tarder, maintenant.

— Ils nous croient toujours dedans, murmura Tana. Partons, vite… et toujours à quatre pattes !

— Excellente idée ! » approuva Lili.

Tandis que les guerriers, une torche dans une main, une arme dans l'autre, guettaient leurs « lapins » comme des furets, le sorcier scrutait les alentours, comme s'il avait senti une présence. Soudain, malgré la distance, il vit frémir le haut des plantes. Or, il n'y avait absolument pas de vent.

« Ils sont là-bas, rattrapez-les ! » hurla-t-il à l'attention des guerriers.

Aussitôt, Lili et Tana bondirent sur leurs jambes et coururent à perdre haleine.

« Où, là-bas, ô grand tahua ? demanda un grand guerrier en cherchant d'un regard bêta.

— Suivez-moi, tas d'incapables ! » coupa le sorcier en lui arrachant la torche des mains et en se précipitant vers les fugitifs.

Désorientés, handicapés par la nuit, Lili et Tana trébuchaient, s'aidaient l'un l'autre à se remettre debout, repartaient, hésitants sur la direction à prendre.

« Ouh, ce que ça monte, nota Lili.

— Avance ! fit Tana en la poussant aux fesses. Je ne souhaite pas retomber entre leurs mains. »

Parvenue en haut de ce qui devait être un gros talus, Lili regarda en contrebas. Brillant telles des lucioles, les torches étaient de plus en plus nombreuses. À croire que le village entier les poursuivait.

« Ta main, Lili ! Je glisse… »

Tana saisit la main que lui tendit sa sœur. S'il la lâchait, il tomberait à la renverse et se retrouverait en bas du talus, parmi les guerriers.

« Tiens bon, Lili, hein ?

— Je fais ce que je peux… Aaaah ! »

Un guerrier presqu'aussi massif que Puni s'apprêtait à bondir sur Tana. Transcendée par la peur, Lili parvint à tirer son frère vers elle. Surpris de ne saisir que du vide, le guerrier ripa sur de petits cailloux, perdit l'équilibre et tomba à la renverse, entraînant toute la troupe en bas de la pente.

« À - ou - é - ou - é - ou - é ! jura le sorcier, sur les fesses.

— Cette chute tombe à pic », glissa Lili avec ironie.

Les deux enfants étaient déjà repartis dans leur course folle.

« Merci ! dit Tana. Cela fait deux fois en quelques minutes que tu me tends la main pour m'empêcher de tomber. Surtout, ne change rien : c'est une bonne habitude.

— Ne te réjouis pas trop vite : ils ont déjà tout remonté. »

Tana vit effectivement les torches de leurs poursuivants apparaître les unes après les autres en haut de la pente.

« Et ils gagnent du terrain, s'affola-t-il alors que les flammes, de plus en plus nombreuses, accouraient vers eux tels des feux follets.

Subitement, toutes les torches s'immobilisèrent puis s'évanouirent dans le néant.

« Que font-ils ? demanda Tana, intrigué.

— Belle stratégie ! reconnut Lili, dos à dos avec lui. Maintenant qu'ils nous ont repérés, il leur sera facile de nous tomber dessus. Dans cette obscurité, nous ne verrons rien venir.

— Il y en a un devant nous », déplora Tana en voyant s'illuminer un mapé.

Mais les torches venaient de toutes parts, se rapprochant inexorablement.

« Nous sommes encerclés, Lili. Pour rester libres, nous allons devoir nous défendre. Reste derrière moi ! J'ai peu d'espoir mais je vais tenter une percée.

— Oh, non ! Noooooon ! Je ne veux pas retourner là-bas, jamais !

— Lili ? Tana ? »

Cette voix : les deux enfants l'auraient reconnue entre mille ; et ces torches, qui n'étaient plus qu'à quelques mètres, étaient des torches électriques, toutes braquées sur eux, comme s'ils se produisaient sur la scène d'un music-hall.

L'instant d'après, la voix prit un visage, celui d'Aline, leur mère.

« Lili ! Tana ! s'exclama-t-elle en levant les bras au ciel.

— Les enfants ! s'écria John, à ses côtés.

— Papa ! Maman ! » crièrent Lili et Tana.

Dans la lumière des torches que tenaient des gendarmes aussi surpris que satisfaits, ils coururent se jeter dans les bras de leurs parents.

Derrière, l'adjudant Mariani et Tony s'adressèrent un sourire qui devait signifier « Mission accomplie ».

Comme s'il n'y avait personne autour d'eux, les quatre membres de la famille Koki laissèrent éclater leur bonheur retrouvé avec des pleurs et des cris de joie.

21
Le remords de Tana

Bob avait convaincu John de rester un jour ou deux. Aline et les enfants pourraient se reposer, on allait fêter leur retour et remercier tous ceux qui avaient participé aux recherches.

Malgré l'immense bonheur des retrouvailles, Aline avait insisté pour que ses enfants aillent se coucher dès la fin du dîner. Allongés sur des lits couverts de moustiquaires pendues au faîte du toit, Lili et Tana tentaient vainement de s'endormir.

« Je pense à Bob et Moétia, confia Lili. Lorsqu'ils nous ont vus, leur émotion était aussi grande que s'ils retrouvaient leurs propres enfants. »

Tana sourit puis, sans raison apparente, se mit à pouffer.

« Excuse-moi, cela n'a rien à voir, affirma-t-il, réprimant son envie de rire. C'est à cause de l'air innocent que tu as pris quand maman a dit qu'elle avait, elle aussi, disparu.

« Tu ne t'es pas mal débrouillé non plus. Je t'entends encore : *« Comme maman : après avoir été frappés par une branche foudroyée, nous nous sommes réveillés trois jours plus tard, moi dans ce pagne, Lili en paréo. »* Hé, hé ! Bientôt, tu sauras mentir aussi bien que moi.

— Merci du compliment ! Venant d'une professionnelle du mensonge comme toi, c'est d'autant plus touchant. »

Lili avala sa salive et sourit béatement.

« Miam ! J'ai encore le goût du champagne sur la langue. S'il faut disparaître plusieurs jours pour y avoir droit, on devrait disparaître plus souvent. »

Ils se tournèrent l'un vers l'autre et se regardèrent fixement. Leur apparente légèreté cédait la place à la gravité.

« Tu crois que les guerriers vont tenter de nous reprendre ? demanda Lili d'une voix inquiète.

— Non, je ne pense pas. Ils nous observaient sûrement quand les gendarmes et les parents nous ont retrouvés. À mon avis, ils ont compris qu'on ne parlera jamais d'eux à qui que ce soit.

— Tu en es sûr ?

— Mais oui ! Par contre…

— Blanc-Blanc… devina Lili.

— Oui, Blanc-Blanc. Il est en grand danger à cause de nous. Un mana très fort, omniprésent, me le fait sentir. Je n'arrête pas d'y penser. J'ai l'impression que Blanc-Blanc s'est sacrifié pour nous… »

Il fixa la fenêtre, l'air absent.

« Que veux-tu faire ? » s'alarma Lili.

Tana lui adressa un sourire attendri.

« Rien du tout, va, tranquillise-toi ! J'espère seulement que le roi sera indulgent envers notre ami… que sa peine ne sera pas trop lourde…

— Je l'espère aussi.

— Allez, bonne nuit, petite sœur !

— Bonne nuit, grand frère ! »

Finalement gagnée par la fatigue, Lili plongea dans le sommeil comme sous l'effet d'une anesthésie.

Le nez contre la toile de sa moustiquaire, Tana voyait

comme s'il y était les images du jugement de Blanc-Blanc le traître. Condamné à mort, ce dernier implorait l'indulgence en se traînant aux pieds du président du tribunal, le roi tout puissant Ori a Ori. Honteux de rester là sans agir, Tana voulait se lever et aller plaider la cause de celui qui l'avait aidé à s'enfuir, qui s'était sacrifié pour sa liberté et celle de sa sœur. Il se devait de renvoyer la balle à son nouvel ami, mais l'éventualité d'être condamné à son tour lui faisait froid dans le dos. Et puis il imaginait sa sœur et ses parents, accablés par sa disparition. Tourmenté par ce dilemme, Tana se mit sur le dos et souffla. En se mettant sur le flanc, il se dit qu'il devrait faire comme Lili, se glisser dans le sommeil et oublier, récupérer. À présent à plat ventre, il s'efforça de fermer les yeux.

Une heure s'écoula. Tana ne dormait toujours pas. Que faire pour se vider la tête ? Compter les dauphins, peut-être ; des dauphins sautant l'un après l'autre dans des cerceaux. Un, deux, trois dauphins... Il réalisa très vite qu'il pourrait compter tous les dauphins du monde sans pour autant trouver le repos. L'heure qui suivit s'avéra encore plus longue que la première. Comme il enviait sa sœur, qui dormait à poings fermés.

Non, je ne peux pas rester ici, indifférent à son sort, se dit-il en soulevant les voiles de sa moustiquaire.

Il saisit son tee-shirt, négligemment jeté sur un ample fauteuil en rotin, puis s'assit au bord du lit et enfila son jean. Il allait se remettre debout mais se ravisa aussitôt. Une armée de questions assiégeait son âme. Pourquoi retournait-il là-bas ? Était-ce vraiment pour sauver Blanc-Blanc ou parce qu'il voulait savoir s'il était vraiment prédestiné à quelque chose ? Pourquoi le mana l'avait-il attiré vers le lac ?

Et puis zut, au diable le mana ! pensa-t-il en boutonnant son pantalon. *Blanc-Blanc est plus important que tout.*

Il devait aider son ami, certes, mais sans réveiller Lili. Si la fillette le surprenait habillé, prêt à sortir, elle n'hésiterait sûrement pas à le suivre et se mettrait de nouveau en danger.

Pour lui-même, d'ailleurs, c'était pure folie que de retourner se jeter dans la gueule du loup. S'il ne se montrait pas convaincant, il partagerait peut-être le sort de Blanc-Blanc : brûlé sur le maraé, coupé en morceaux qu'on jetterait aux poissons…

Oh et puis mince ! On verra sur place…

Il se releva, chaussa ses tennis et s'assura de la présence de son bipeur dans la poche droite de son jean. En cas de danger, il pourrait prévenir Lili. Pour l'instant, elle dormait toujours aussi profondément. Pour s'en convaincre, Tana agita la main devant son visage. Elle n'eut d'autre réaction qu'un ronflement à peine perceptible.

Tana entrouvrit en silence la porte de la chambre. Soudain, il entendit des pas dans le couloir.

C'était Bob. Une bouteille d'eau à la main, deux gros morceaux de gâteau à la noix de coco sur une soucoupe, il s'en retournait joyeusement vers sa chambre.

Après ce petit contretemps, Tana se rendit à pas de loup sur la terrasse, jeta un œil sur sa montre, qui indiquait minuit. Puis il scruta le ciel, d'un noir d'encre, orphelin d'étoiles et de lune.

En bas, sur la dernière marche de l'escalier en rondins, le gecko dormait sereinement. Le jeune garçon l'enjamba avec délicatesse puis traversa la propriété. Il ne referma pas le portail d'entrée, qui couinait comme les freins d'un vieux train de marchandises. Un instant plus tard, il pénétra dans la forêt de mapés. Il faisait si sombre qu'il ne pouvait compter sur le moindre repère. En fait, il était totalement désorienté. Pourtant, au lieu de revenir sur ses pas et rentrer chez les Sleg, il demeurait immobile, attendant que quelque chose se produise autour de lui. Soudain, sans qu'il fût réellement étonné, une liane de grande taille s'anima et, tel un panneau indicateur, parut lui montrer le chemin. Les lianes se relayèrent ainsi jusqu'à la sortie de la forêt.

Ensuite, Tana continua sa progression d'un pas assuré, comme s'il connaissait le trajet par cœur. Levant la tête, il découvrit une gigantesque masse sombre. Dans un demi-tour lent et prudent, il devina le lac Vaihiria, loin, très loin sous ses pieds. Le teint livide, il réalisa qu'il se tenait sur un chemin escarpé des falaises du cratère central.

Tana attendit patiemment. Soudain, deux guerriers brandissant leurs javelots jaillirent d'une fissure dans la muraille.

« Doucement, les gars ! fit Tana en levant instinctivement les mains. Vous voyez bien que je suis revenu de mon plein gré.

— C'est vrai, reconnut l'un d'eux. Je dois avouer que je ne saisis pas. Pourquoi tu as fait ça ? »

Tana allait répondre lorsqu'il sentit une présence familière.

« Lili ! C'est toi ? »

En tenue de randonnée, sac sur le dos, Lili approcha en hochant la tête.

« Conduisez-nous au roi ! Mon frère et moi souhaitons nous expliquer directement devant lui. »

Après s'être concertés du regard, les deux hommes donnèrent leur approbation et, du bout de leurs javelots, invitèrent les enfants à les suivre dans la falaise.

« Je croyais que tu dormais, grogna Tana. Pourquoi m'as-tu suivi ? C'est stupide de mettre deux vies en danger.

— Je me suis réveillée en sursaut. Comme je ne t'ai pas vu, j'ai compris que tu étais retourné aider Blanc-Blanc. Je n'allais pas te laisser seul : tu auras bien besoin de moi pour t'exprimer devant le roi.

— Merci, petite Lili !

— Tout en sauvant Blanc-Blanc, nous pourrons remercier son père d'avoir soigné maman. »

Tana sourit. La présence de la fillette à ses côtés le rassurait autant qu'elle l'embarrassait. Plus que tout, pourtant, il était ravi de retrouver Lili l'intrépide. Éteinte depuis la plongée dans le lac, elle était bel et bien de retour.

22
Retour au village

Après une courte descente, le village endormi apparut à Lili et Tana.

« Nous y revoilà, soupira Lili. J'espère que tu as pris la bonne décision.

— J'en suis sûr, affirma Tana et, se tournant vers leur escorte : les amis, allez trouver votre roi !

— Impossible ! fit observer le plus trapu des deux gardes. Il ne faut pas déranger le grand Ori a Ori pendant son sommeil. Vous le verrez tout à l'heure, quand il se réveillera. »

Lili partageait l'embarras de son frère. Il fallait, en effet, qu'ils fussent revenus avant le lever de leurs parents, pour ne pas les inquiéter et s'attirer de nouveaux reproches.

« Nous avons laissé une lettre, bien en évidence là où nous dormons, inventa la petite futée sous les yeux amusés de Tana. Si nous ne sommes pas rentrés avant l'aube, cette lettre, qui révèle l'existence et l'emplacement de votre village, sera découverte et aussitôt divulguée. Alors, à votre place, je m'empresserais d'aller réveiller le roi. »

Les paroles de Lili eurent un effet immédiat. Courant aussi vite qu'un cheval, le trapu se rendit auprès des deux hommes qui gardaient la grande hutte royale.

« Vite, s'exclama-t-il, essoufflé, réveillez l'arii ! Ce que j'ai à lui dire est de la plus haute importance. C'est une question de vie ou de mort…

— Négatif, dit l'un des gardes. Tu sais bien qu'on ne peut pas réveiller le r…

— Alerte, hurla comme un forcené le trapu, alerte, on attaque le village ! »

Ori a Ori, une tunique blanche pour seul vêtement, sortit précipitamment de sa hutte. Dans la foulée, de nombreux membres de la tribu se rassemblèrent sur la place centrale.

« Vous ? s'exclama le monarque lorsqu'il aperçut Lili et Tana. C'est à cause de vous, tout ce raffut ? Vous êtes revenus avec les autorités ?

— Non, ô grand Ori a Ori ! intervint le trapu en inclinant la tête. C'était un prétexte pour te faire lever, précisa-t-il sous le regard dérouté de la garde royale. Les… euh… les prisonniers sont revenus de leur plein gré pour avoir une discussion avec toi. Je me suis permis de te réveiller car une lettre révélant tout sur nous sera trouvée et divulguée s'ils ne sont pas retournés chez eux avant l'aube.

— Est-ce vrai ? demanda le monarque en s'approchant des enfants.

— Non, avoua Tana. Ça aussi, c'était un prétexte pour te réveiller.

— Tu es fou ? soupira Lili, mains sur les hanches, l'air consterné. A-t-on idée d'être aussi franc dans un moment pareil ? »

Furieux d'avoir été joué, le trapu la foudroya du regard.

« Ton honnêteté me touche, jeune homme, confia le souverain. Il est vrai que depuis votre évasion, nous nous préparons à repousser les envahisseurs de la surface.

Alors, qu'as-tu donc à me dire ?

— Nous aurions très bien pu ne jamais revenir et tout raconter, fit remarquer Tana en se donnant la contenance d'un farouche guerrier. Notre seule présence ici prouve que nous ne dirons jamais rien à personne.

— Nous sommes surtout ici pour t'implorer de lever la sentence que tu as sûrement réservée à Blanc-Blanc », compléta Lili.

Le roi avait l'air pensif.

« Blanc-Blanc le traître recevra le châtiment qu'il mérite, se reprit-il, l'air impassible. Il sera sacrifié sur le maraé. Quant à ton frère et toi, vous avez déçu tous les membres du conseil.

— Mes pauvres petits, s'attrista Riro. Vous n'auriez jamais dû reve… »

Soudain, le lézard que redoutait Lili sortit de son sac à dos et se plaça sur son épaule, ce qui la fit sursauter. Tana détailla le reptile d'un air intrigué. Où, quand et comment avait-il bien pu s'introduire dans le sac de sa sœur ?

« Par tous les dieux ! s'exclama le sorcier.

— Je ne m'étais pas trompé », se réjouit Riro, le Diseur de la mémoire longue.

Comme eux deux, comme le roi, toute la tribu tomba à genoux, apparemment en adoration devant les deux enfants et le lézard.

« Que faites-vous ? » demanda Lili à Riro, qui n'osait se relever.

D'un signe du roi, tout le monde fut autorisé à se remettre debout.

« Sorcier, Riro, venez avec moi dans les profondeurs tabou ! ordonna le monarque. Lili, Tana, suivez-nous, avec votre lézard ! Les autres, attendez ici… »

L'évocation de profondeurs tabou, même si elle ignorait de quoi il s'agissait, fit brusquement reculer Lili.

« Aie une attitude plus noble ! chuchota discrètement Tana. C'est notre seule chance, à présent. »

Lili était blême de peur.

« On... on dirait que tu as oublié ce qu'on a entendu, cachés sous le volet en bambou, bégaya-t-elle en sourdine. À mon avis, cela n'est pas bon pour nous...

— Donne-moi la main, Lili ! » demanda Tana avec tendresse.

Lentement, tremblant de tous ses membres, Lili s'exécuta.

« Nous sommes prêts, ô grand Ori a Ori », annonça crânement Tana.

Lili se demandait ce qui lui arrivait. Était-elle dans le faré des Sleg, en train de faire un cauchemar ? Son frère avait-il perdu la raison ?

Précédé par deux guerriers munis d'une torche, le cortège mené par Riro emprunta un couloir menant aux profondeurs tabou. D'ordinaire, le roi et ses gardes, le sorcier et le Diseur de la mémoire longue étaient les seuls autorisés à s'y rendre. Cette fois, le grand Ori a Ori avait consenti à une exception : Lili, l'air médusé, son gecko sur l'épaule, et Tana, déterminé, comme s'il arrivait enfin au bout de sa quête, les accompagnaient là où la plupart des gens de la tribu n'étaient encore jamais allés.

23
Les profondeurs tabou

« Nous entrons dans les profondeurs tabou », annonça Riro après une interminable descente.

Il s'agissait d'une galerie un peu plus vaste qu'un gymnase. Sa voûte grouillait, elle aussi, de millions d'araignées fluorescentes se reflétant en autant de points lumineux dans les eaux noires d'un bassin.

« Cet endroit m'est familier, commenta Lili, au paroxysme de l'anxiété.

— À moi aussi ! confirma Tana.

— Par ici ! » poursuivit Riro en empruntant un chemin cernant le lac.

Arrivé à mi-parcours, il s'arrêta et laissa les enfants à leur découverte. À cet endroit, la paroi de basalte était couverte de dessins gravés : des pétroglyphes représentant de façon grossière un jeune mais solide garçon et une fillette portant un lézard sur l'épaule.

« Je peux ? » demanda Riro, les yeux tournés vers son roi.

Ce dernier hocha la tête en guise de consentement.

« Au dix-neuvième siècle, commença Riro, alors que la plupart des îles maories étaient passées ou allaient passer aux mains des Blancs, un grand sorcier doublé d'un prophète s'est levé dans notre tribu. Son mana était extraordinaire, et ceci dès le berceau. C'est en effet le jour de sa naissance que les araignées lumineuses sont apparues et ont colonisé un grand nombre de nos voûtes. Comme elles, ses pensées étaient lumineuses. Un jour, alors qu'il n'avait que vingt ans et qu'il était déjà sorcier, il a pensé très fort au pays maori d'autrefois, celui d'avant les Blancs. Il y a pensé si fort qu'il s'y est retrouvé corps et âme. »

Lili prit une mine dubitative.

« Nous savons que c'est la vérité, poursuivit Riro, car il s'est matérialisé au milieu de nos ancêtres alors qu'ils mangeaient dans le faré amu. Il leur a expliqué qu'il revenait d'une autre dimension, dans laquelle existait la reproduction exacte du pays qu'ils avaient perdu. *« Comment y va-t-on ? »* demanda leur roi. Le sorcier répondit que le problème, c'était justement qu'il ne savait pas comment y retourner. Déçus, les membres de la tribu reprirent le cours de leur repas. Quant au sorcier, il se retira dans son faré. Or, quelques jours plus tard, les dieux lui donnèrent LA réponse par une vision prophétique qu'il s'empressa de décrire sur cette muraille de basalte.

Lili et Tana ne bougeaient pas et ne disaient rien. Ils étaient aussi pétrifiés que les pétroglyphes sur le basalte.

« Eh oui, c'est vous, commenta le sorcier à l'adresse de Lili et Tana. Mon illustre prédécesseur vous a ainsi dépeints, il y a de cela plus d'un siècle.

— On dirait nos reflets, nota Lili, l'air fasciné.

— Ce gecko, continua le sorcier, toutes ces manifestations surnaturelles autour de vous, votre retour volontaire parmi nous, avec le lézard, cette fois. Vous êtes bel et bien les élus annoncés par la prophétie.

— Et si c'était une coïncidence, supposa Riro. Si Lili et Tana n'étaient pas les élus ?

— Il n'y a qu'un moyen de le savoir », annonça Ori a Ori d'un air désolé.

Lili, qui avait tant redouté cet instant, implora Riro du regard.

« Selon la tradition orale parvenue jusqu'à nos jours, les élus doivent trouver plusieurs objets, expliqua-t-il. Une fois réunis, ces objets transporteront la tribu dans une autre dimension... Un monde composé d'îles et d'îlots éparpillés sur un vaste océan, à l'image de la Polynésie ancestrale. Ce sera le fenua api, le nouveau pays. »

Le vieil homme dirigea son regard vers un rocher émergeant à quelques mètres du rivage.

« Voyez-vous, mes enfants, l'accès à ces objets se trouve ici même. »

Il se tourna vers le sorcier et le roi.

« Nous devons les prévenir, quand même... »

Le roi et le sorcier acquiescèrent. L'air embarrassé, Riro s'efforça de sourire à Lili et Tana.

« Si, toutefois, vous n'étiez pas les élus, si nous nous étions trompés, vous pourriez... hum... vous pourriez mourir au cours de ce rite d'accès.

— Bon, eh bien on remonte au village, proposa Lili, paniquée. Cette gravure de deux enfants et de leur lézard ne nous représente absolument pas. Riro a raison : c'est une coïncidence. »

Riro la regarda avec compassion puis se tourna humblement vers le roi.

« Mon envie de nous faire tous quitter le village m'a peut-être influencé. Ce n'est pas grave, nous...

— Nous ne pouvons plus reculer, coupa le sorcier. Nous ne pouvons pas ne pas tenter cette chance.

— C'est vrai, approuva le roi. Il est possible que l'occasion ne se représente jamais. Les enfants doivent essayer. »

Lili pinça la main de Tana. Il comprit qu'elle lui proposait de prendre la fuite.

Étrangement, il n'y semblait pas déterminé, d'autant que des guerriers barraient le sentier à droite comme à gauche.

« Le mana continue à me dire que nous devons essayer, confia-t-il avec assurance.

— Par pitié, Tana, n'y allons pas ! supplia Lili.

— Venez, tous les deux ! proposa le sorcier d'une voix amicale. On va prier les âmes des ancêtres de vous laisser passer. »

Totalement résignée, Lili suivit son frère et le sorcier sur un escalier en pierre se terminant sous l'eau.

« Ô glorieux ancêtres, invoqua le sorcier sur la dernière marche au sec, je vous implore de laisser parvenir ces enfants au Grand Assoupi. »

Il s'assit un instant, les paupières closes, comme s'il attendait de recevoir un signal. Évoquant un plongeur qui observe des paliers au moment de remonter à la surface, il ouvrit progressivement les yeux et se releva.

« J'ai confiance », dit-il en invitant Lili et Tana à entrer dans l'eau.

Sans rien laisser paraître, ce dernier sentait à son tour l'angoisse monter en lui.

Les enfants d'Aline et John s'exécutèrent.

« Marchez droit devant vous ! conseilla le sorcier. L'escalier donne sur un petit sentier sous-marin, vous aurez de l'eau jusqu'aux mollets. Mais, surtout, ne vous écartez pas du chemin car vous tomberiez dans les profondeurs du lac… »

Ces explications ne rassurèrent pas Lili et Tana, qui avançaient à tâtons dans une eau noire comme de l'encre. Cette prudence était justifiée car le sentier, constitué de pierres rugueuses, était particulièrement étroit. De chaque côté, en outre, des tourbillons commençaient à se former. Un seul faux pas et les deux enfants y seraient plongés et immédiatement engloutis.

« Oh la la ! se rappela brutalement Lili d'une voix tremblante. Nous sommes déjà venus ici, Tana. Tu te rappelles ? Tu pêchais avec Blanc-Blanc, moi, je jouais avec Vaéa. Quelque chose — je ne sais toujours pas quoi — nous a happés et transportés ici.

— C'est exact, reconnut Tana. Surtout, ne t'affole pas ! »

Soudain, au milieu du parcours, ils entendirent un léger clapotis et sentirent quelque chose zigzaguer furtivement entre leurs chevilles. Cette chose n'était pas seule. L'eau en grouillait tout autour d'eux. C'était comme des milliers de petits bras qui les touchaient les uns après les autres.

Les âmes des ancêtres, pensa Tana. *Elles nous examinent avant de nous laisser aller plus loin.*

Pour ne pas tomber parmi ces monstres marins, le lézard s'agrippait désespérément aux longs cheveux de Lili.

Peu à peu, les créatures s'éclipsèrent, ce qui permit aux enfants de se remettre en marche. Parvenus à l'îlot, ils marquèrent un temps d'hésitation et soufflèrent. S'armant de courage, ils gravirent les marches d'un nouvel escalier et s'arrêtèrent encore, stupéfaits. Le rocher était en fait un immense tiki en pierre couché sur l'eau.

« Nous lui marchons sur les pieds, fit observer Tana.

— Allez jusqu'à sa tête ! indiqua le sorcier depuis la berge. C'est là que tout doit se passer. »

Main dans la main pour surmonter leur angoisse, Lili et Tana passèrent sur les jambes puis sur le buste de la statue. Soudain, Lili buta contre quelque chose de dur.

« Haaa ! » s'écria-t-elle en sursautant, lorsqu'elle découvrit des ossements et des crânes humains dispersés sous le menton du tiki.

Stoïque en apparence, mais en réalité mort de peur, Tana se contenta de lui serrer la main très fort.

Soudain, ils virent une ombre gigantesque se profiler sur le tiki allongé. Sentant quelque chose, là, juste derrière eux, ils se retournèrent et la virent : haute comme une maison, elle se dressait lentement sur sa queue.

— Qu'est-ce que c'est ? haleta Lili, effrayée. Ta... Tata... Tana...

Le jeune géant remarqua les taches qui parsemaient le corps de la bête et ses grandes nageoires pectorales, situées si près de la tête qu'elles pouvaient passer pour des oreilles.

« Une anguille, balbutia-t-il. Une anguille à oreilles monstrueuse ! »

Pétrifiée par cette vision cauchemardesque, Lili criait sans pour autant émettre le moindre son.

Ses yeux humectés plongés dans ceux des enfants, l'anguille géante se baissa jusqu'à se trouver face à face avec eux. Elle semblait les jauger, son regard inquisiteur leur glaçait le sang.

« Partons ! proposa Lili. Marchons à reculons pour ne pas lui tourner le dos !

— Non ! Quoi que nous fassions, elle peut nous attraper et nous broyer entre ses mâchoires quand bon lui semble.

— Que faire, alors ? Vite, Tana !

— Baissons la tête en signe de soumission et attendons ! Je crois que c'est la seule solution. »

Subitement, un vent glacial tournoya autour de Lili et Tana. Lorsqu'il cessa, quelques secondes plus tard, ils dressèrent fièrement la tête et dévisagèrent à leur tour l'anguille. Malgré sa taille insignifiante, le lézard sur l'épaule de Lili fit de même.

« Un ancêtre leur a soufflé l'attitude à observer,

confia le sorcier à Riro.

— Puisses-tu avoir raison, soupira ce dernier, le visage en partie caché par ses mains.

— Oh, non, mon Dieu ! » s'écria soudain Lili lorsqu'elle vit l'anguille se rétracter tel un cobra avant l'attaque.

Elle se blottit contre son frère. Tout aussi terrorisé, il se voyait déjà dans l'estomac du monstre.

Le fantastique animal ouvrit les mâchoires comme s'il s'apprêtait à ne faire qu'une bouchée d'eux. Lentement, un filet de fumée bleu marine s'échappa de sa gueule. Lili pensa qu'il s'agissait d'une sorte de narcotique visant à les endormir, son frère et lui, pour qu'elle puisse les dévorer en toute tranquillité.

Mais la fumée bleue, que l'anguille exhalait maintenant avec un débit impressionnant, semblait passer progressivement à l'état liquide et s'étalait au-dessus des eaux sombres comme un parchemin que l'on déroule.

« Fabuleux ! laissa échapper Tana devant cette étendue d'eau verticale et translucide. On dirait une projection holographique. »

Mais ce n'était pas fini. L'anguille géante souffla une fumée vert forêt dont les volutes se détachèrent les uns des autres, s'éparpillèrent sur la masse d'eau en suspension puis se solidifièrent.

« Des îles ! s'exclama Lili. Des centaines d'îles sur l'océan !

— Ensemble, elles forment un triangle, ajouta son frère en décrivant celui-ci avec l'index. Oh, regarde ! »

Les araignées fluorescentes s'étaient regroupées au-dessus du phénomène. Soudain, elles tombèrent de la voûte et illuminèrent les trois sommets du triangle.

Comme le roi et ses sujets, agenouillés sur le sentier, Lili et Tana étaient fascinés, transportés par le prodigieux spectacle auquel ils assistaient.

Sans transition, la constellation d'îles se volatilisa

et les lumineuses retrouvèrent leur place sur la voûte. Dans un fracas d'écume, l'anguille géante plongea et disparut dans les eaux noires du lac.

« Tu as vu ce que j'ai vu, petite sœur ?

— Oh oui ! dit Lili. Le triangle polynésien : Hawaï, l'île de Pâques, la Nouvelle-Zélande et les centaines d'îles à l'intérieur. C'était merveilleux. Tu as vu, toi aussi, hein ? » enchaîna-t-elle en s'adressant au lézard.

À leur grand étonnement, le reptile fit oui de la tête et parut même sourire.

Les enfants descendirent de la statue et empruntèrent de nouveau le sentier. De chaque côté, les eaux s'étaient tellement calmées qu'elles semblaient figées.

De retour sur l'escalier, Lili et Tana firent une mine apaisée et souriante.

Une fois n'est pas coutume, Ori a Ori dominait mal son émotion. Les larmes aux yeux, il prit le sorcier dans ses bras.

« Hum-hum, les interrompit Lili.

— Oh, excusez-nous, fit le père de Blanc-Blanc en se tournant vers celle-ci. Il est vrai que nous vous devons quelques éclaircissements. Comme vous l'avez deviné, l'anguille vous a montré toutes les îles constituant la Polynésie.

— C'est la première fois qu'elle le fait, ajouta Riro sur un ton affirmatif. Auparavant, elle a impitoyablement dévoré tous les enfants qui, avec ou sans lézard, se sont présentés devant elle.

— C'est gentil à vous de nous avoir amenés à notre tour devant votre copine, maugréa Lili. Tous ces ossements sur la statue, ce sont…

— Pour vous, c'est différent, souligna le sorcier. Nous avions confiance. Ton frère et toi dégagiez un mana que nous n'avions encore jamais senti jusqu'à présent. »

D'un geste, le roi prit la parole.

« Allons à l'essentiel ! dit-il. Les araignées ont éclairé les sommets du triangle. C'est là que vous trouverez les trois objets dont notre tribu a besoin.

— Les zozo… bégaya Riro, les yeux écarquillés. Les zozo… Les objets sont localisés. »

Les deux guerriers, un peu en retrait jusque-là, laissèrent à leur tour éclater leur joie.

« Et maintenant, que devons-nous faire ? demanda Lili dès que cessèrent les effusions.

— Que devez-vous faire ? se réjouit le roi. Cela signifie-t-il que vous acceptez de nous aider ?

— Évidemment qu'ils acceptent, ô grand roi, s'empressa de répondre Riro. Ils sont les élus, les enfants de la légende, des enfants prédestinés. »

Lili et Tana acquiescèrent.

« Vous allez simplement retourner auprès de vos parents et poursuivre avec eux le voyage sur l'océan Pacifique, expliqua le sorcier. Ce sont les objets eux-mêmes qui vous feront sentir leur présence.

— C'est quoi, ces objets ? demanda Tana, intrigué.

— Nous n'en savons rien, avoua le sorcier. Je peux seulement te dire qu'il faut en trouver trois.

— Grâce à vous, compléta Riro, le jour où vous aurez réuni tous les objets, notre tribu sera transportée en un claquement de doigt d'ici au pays promis… au fenua api. »

Il regarda le sorcier et dit sur un ton apaisé :

« On ne s'était pas trompés… »

Le sorcier lui répondit par une tape amicale sur l'épaule.

« Allons annoncer la bonne nouvelle ! proclama le roi. Toute la tribu va se réjouir et faire la fête pendant plusieurs jours. »

Il allait ouvrir la marche de retour vers le village lorsqu'il s'immobilisa et dévisagea Lili.

« Tu avais raison, petite vahiné, admit-il en s'approchant d'elle. C'est vrai que la liberté d'un seul est aussi importante que celle de plusieurs. Quand je pense que je voulais garder prisonniers à vie ceux qui vont nous donner la liberté totale et définitive... »

D'un clignement des yeux, Lili signifia que l'incident était clos.

Tana, pour sa part, réalisa qu'il restait encore un captif au village.

« Pour nous faciliter la tâche, il nous faut une aide, fit-il observer, quelqu'un qui nous permettra, pendant que nous serons à la recherche des objets, de rester en contact avec la tribu.

— Tu penses à quelqu'un en particulier ? demanda le sorcier, intrigué.

— À Blanc-Blanc ! répondit Tana.

— Et comment vois-tu la chose ? continua le sorcier. Car mon petit doigt me dit que tu as un plan pour ton copain...

— Oui ! Eh bien, voilà : nous avons des amis, les Sleg... »

À part Lili, stupéfaite, personne ne réagit.

« Vous savez, poursuivit Tana d'un air moqueur, ceux à qui vous « empruntez » des taros et des ananas. Comme ils vivent à côté du lac, ils pourraient héberger Blanc-Blanc — nous savons comment leur faire accepter la chose. Ainsi, Blanc-Blanc pourrait être en contact avec nous par téléphone ou email et avec vous par l'intermédiaire de vos guetteurs.

— Accordé, dit Ori a Ori. Je ne peux rien refuser aux élus de la prophétie. Blanc-Blanc est gracié et assurera le lien entre vous et nous. Mais dis-moi : c'est quoi un imél ? Une sorte de tambour pour discuter à distance ?

— Oui, sourit Tana, c'est un peu ça, ô grand Ori a Ori. »

Trop heureux de voir son fils adoptif sauvé, le sorcier ne contesta pas la décision du roi.

Et le cortège se remit en route pour le village.

« Alors, tu es satisfaite ? murmura Tana à Lili. Tu as fini par voir une anguille à oreilles.

— À moitié ! Sans photos à l'appui, aucun magazine ne prendra le bel article que j'avais prévu.

— Que t'importe ? Les petites anguilles t'ont frôlée dans le lac du haut, et ici, elles se sont enroulées autour de nos chevilles. Pour finir, nous avons rencontré leur reine. Notre expédition est un succès. »

Lili sourit. Mieux qu'un grand reporter, elle était, comme son frère, devenue l'héroïne et l'espérance de toute une tribu maorie.

24
Le serment

Tout le monde s'était réuni autour du grand tiki en pierre de la place centrale. Parmi la foule, aux côtés de sa sœur Vaéa, Puni exultait. D'abord, le roi lui avait pardonné d'avoir mal surveillé Lili, qui s'était évadée lors de la course. Ensuite, cette même Lili, qu'il commençait à bien aimer, ainsi que Tana et Blanc-Blanc avaient le redoutable honneur de conduire la tribu au pays promis.

« Tu te rends compte ? fit Puni, une larme à l'œil. Les élus de la prophétie et celui qu'ils ont choisi sont nos amis… nos amis à nous…

— Calme-toi ! intervint Vaéa, tout aussi émue. Moi aussi, ça me fait quelque chose, mais nous devons rester dignes : la cérémonie du serment va commencer. »

La vieille Rarahu leur fit signe de se taire. Le roi Ori a Ori descendit de sa grande chaise. Suivi par Riro et le sorcier, il alla vers Blanc-Blanc et les élus.

« Lili et Tana, dit-il solennellement à ces derniers, jurez-vous de tout faire pour ramener les objets ?

— Nous le jurons, répondirent en même temps les deux enfants.

— Nous promettons aussi de ne jamais révéler

l'existence du village et de la tribu, ajouta Lili. N'est-ce pas, Komodo ? »

Le lézard sur son épaule hocha la tête, ce qui déclencha une clameur de stupéfaction.

« Il est vrai que… euh… Komodo est un élu, lui aussi, reconnut le roi en détaillant l'animal d'un air intrigué. Tôt ou tard, il aura, lui aussi, un rôle à jouer. »

Après un sourire amusé, il se tourna vers Blanc-Blanc.

« Et toi ? Fais-tu le serment de jouer au mieux ton rôle d'intermédiaire entre les élus et nous ?

— Je le jure, répondit avec le plus grand sérieux le fils du sorcier.

— J'ai confiance en toi », affirma Ori a Ori.

Blanc-Blanc croisa le regard de son père, qui rougit de fierté.

« Quant à toi, Liliuokalani, poursuivit le roi, tu as déjà prouvé que tu mérites de porter le prénom de la plus grande des reines hawaïennes.

— Merci, ô grand Ori a Ori ! dit la fille d'Aline et John. Je suis honorée. Mais restons simples : continue à m'appeler Lili !

— Comme tu veux, Lili, sourit le roi, amusé de son audace. Et maintenant, notre jeune guerrier… »

Tana écarquilla les yeux de surprise : ce « jeune guerrier » venant du souverain avait la valeur d'un diplôme, son premier diplôme.

« Tu es un brave, Tana. Je suis persuadé que Komodo, ta sœur et toi formerez une équipe extraordinaire. »

Les enfants d'Aline et John s'inclinèrent respectueusement.

Sur un signe du souverain, le sorcier s'approcha de Tana.

« Que les dieux vous accompagnent tous les trois… euh, pardon : tous les quatre ! » rectifia-t-il en souriant à son fils.

Sans prévenir, le roi brandit son sceptre et poussa un cri de réjouissance que reprit aussitôt toute l'assistance.

Comme à la fin d'un match de football, tous les membres de la tribu se précipitèrent autour de leurs héros.

« Merci d'avoir soigné ma mère ! glissa Tana au sorcier malgré la cohue.

— J'ai voulu agir en bon tahua, dit celui-ci avec modestie. Je n'ai fait que mon… mon… oh, excuse-moi, Tana ! »

Il saisit Blanc-Blanc par l'épaule et le serra très fort contre lui.

« Je ne vais pas loin, papa, rappela le jeune guerrier. Et je viendrai te voir très souvent. Ça, tu peux en être sûr.

— Tu es un bon fils, confia le sorcier, ému. Voilà, voilà, je vous le laisse, dit-il ensuite à toutes celles et ceux qui se pressaient derrière lui. Aoué, je ne suis pas seul pour les adieux et les encouragements.

— Allez-y, les enfants ! dit Riro, les poings serrés. Inscrivez les plus beaux chapitres de l'histoire de notre tribu !

— Tu veux dire les plus beaux chapitres de toute l'histoire du peuple maori, rectifia la vieille Rarahu d'un air altier.

— Toi, lui fit observer Riro, sourire en coin, tu nous attrapes la folie des grandeurs en vieillissant. »

Se présentèrent Taarii et Téva, les piroguiers. Leur air inexpressif indiquait qu'ils n'avaient pas digéré leur défaite. Mais soudain, leur visage s'éclaira.

« Je suis fier d'avoir été battu par Blanc-Blanc et toi, déclara Taarii en donnant une chaleureuse poignée de main à Tana.

— Moi aussi, je suis fier, confia Téva en faisant de même.

— Vaéa ! s'exclama Lili lorsque la sœur de Puni

put enfin la rejoindre.

— Tu vas me manquer, Lili, assura celle-ci sans pouvoir retenir ses larmes. Tu… tu es comme une sœur pour moi.

— Oh, Vaéa ! »

Elles tombèrent dans les bras l'une de l'autre.

« À moi, maintenant ! grogna Puni en écartant doucement sa sœur. Moi aussi, je suis son ami. »

Il souleva Lili comme une plume, lui embrassa furtivement le front et la reposa délicatement sur le sol.

« À moi aussi, tu vas me manquer », avoua-t-il, l'air un peu confus.

Il nota le sourire goguenard de Tana et bafouilla à son adresse, comme pour se rattraper :

« Et toi aussi, bien sûr ! Lili et toi allez nous manquer terriblement. »

Tana eut à peine le temps de lui donner l'accolade. Toutes et tous, des plus jeunes aux plus vieux, tenaient à saluer une dernière fois les enfants annoncés par la prophétie.

25
Étrange matinée

Le jour se levait à peine. Sorti le premier de la fissure dans le cratère central, Blanc-Blanc restait ébahi par les premiers feux du soleil dans l'azur et sur le lac. Pas un bruit : on eût dit le commencement du monde.

« Je suis déjà sorti plusieurs fois, souligna le fils du sorcier en suivant un vol d'oiseaux du regard. Pourtant… j'ai l'impression que je viens de naître.

— C'est parce que tu vas réellement vivre dehors, dit Lili, derrière lui, aux côtés de Tana. Avant, tu y faisais juste quelques incursions. »

Oubliant de dire au revoir aux sentinelles postées dans la fente — ses deux amis s'en chargèrent — Blanc-Blanc s'engagea sur le chemin escarpé qui surplombait le lac.

« Et ces parfums ! s'exclama-t-il, un instant plus tard, alors que Lili, Tana et lui gravissaient une colline blanchie de fleurs de tiarés. Ah, béni soit le jour de notre rencontre ! »

Chez les Sleg, tout le monde dormait encore profondément. Soudain, Moétia ouvrit un œil. Telle une somnambule, sans prêter la moindre attention à Bob, qui ronflait comme un ours en hibernation, elle se leva du lit.

Dans sa chemise de nuit bleu outremer, les pieds nus, elle sortit de la maison, traversa le jardin, puis, finalement, quitta la propriété.

« Eh, regarde, c'est Moétia, s'exclama Lili en sortant de la forêt de mapés, Komodo toujours sur son épaule.

— Oui, c'est bien elle, confirma Tana. Je lui trouve un air bizarre. Moétia… eh oh… tu vas bien ? »

La Tahitienne s'arrêta et sembla prendre conscience qu'elle n'était pas dans son lit. Instinctivement, Blanc-Blanc avança dans sa direction. Soudain, un mot résonna à ses oreilles. Il réalisa, stupéfait, qu'il venait de s'entendre dire : « Maman ! »

Pour Moétia plus encore que pour lui, le mot retentit comme un coup de tonnerre. Un instant, le sol parut même se dérober sous ses pieds. Dans le silence le plus complet, elle dévisagea le jeune homme qui se tenait devant elle.

Tana, pour sa part, était si ému qu'il ne vit pas Lili lui adresser le regard d'un oiseau perdant ses ailes en plein vol.

Titubant comme sous l'effet de l'alcool, Moétia s'approcha de Blanc-Blanc. Après un instant d'hésitation, elle posa une main tremblante sur son épaule et parut chercher quelque chose. Soudain, elle s'arrêta, frappée de stupeur, les mains devant sa bouche pour contenir un cri. Elle venait de reconnaître une cicatrice légèrement incurvée, gravée à tout jamais dans sa mémoire et dans son cœur.

Incapable de prononcer un mot, le visage noyé de larmes, Moétia s'effondra dans les bras de Blanc-Blanc.

Peu à peu, l'adolescent comprenait. Ses visions et ses rêves constituaient les pièces du puzzle qui lui manquaient, ils étaient la mémoire un peu floue du début de son existence. Quant à cette Tahitienne répondant au nom de Moétia, elle n'était autre que le personnage principal de cette histoire lointaine.

Moétia et Bob étaient les véritables parents de Blanc-Blanc.

26
Cap sur Hawaï

« Iiiiiiaaaaaaaaah ! »

Le vieux Tahitien maigrelet cueillant tranquillement ses régimes de petites bananes feï sursauta au passage du 4x4. Debout dans la benne entre son frère et Blanc-Blanc, Lili criant sa joie faisait office de klaxon et offrait son visage au vent. Dans moins d'une heure, à la proue du bateau, l'embrun s'ajoutant au vent lui procurerait une sensation encore plus forte.

Tout aussi réjouies, Aline et Moétia regardaient leurs enfants retrouvés à travers la vitre arrière. Ils portaient tous les trois le tee-shirt du club de pirogue de Mataïéa. Komodo, pour sa part, ne quittait plus l'épaule de Lili.

Mains sur le volant, cigare entre les dents, Bob plaisantait avec John, son « copilote » du moment. Sans voir Mataïéa, il emprunta le chemin des crabes tupa et coupa le moteur sur la plage de corail mort.

« Kamo-hoa-lii ! s'exclama John en sautant vivement du 4x4. Nous voilà, mon vieux ! »

Le catamaran mouillait toujours au même endroit. John remarqua immédiatement que Maté, le cousin d'Aline, n'était pas sur le pont. Il en conclut qu'il vidait le frigo de ses dernières victuailles pour fêter le retour des disparus.

« C'est vraiment un bateau splendide, confia Bob, juste derrière lui. Dire qu'il va vous conduire à Hawaï...

— Oui, confirma John, deux ou trois réparations dans le port de Papeete et nous mettons le cap sur mes îles natales... »

Les Koki et les Sleg contemplèrent le lagon, qui commençait à moutonner comme en pleine mer. Moétia comprit que leurs amis allaient profiter du vent pour partir.

« Merci d'être venus nous voir ! dit-elle en serrant Blanc-Blanc contre elle. Grâce à cela, vos enfants ont retrouvé notre fils.

— Nous sommes le couple le plus heureux du monde, affirma Bob.

— Ah ça oui ! ajouta Moétia. Croyez que nous vous serons à jamais reconnaissants. Merci, merci à vous quatre ! »

Les Koki se regardèrent les uns les autres, visiblement gênés de recevoir des compliments.

« Tout avait plutôt mal commencé, rappela John, mais maintenant, c'est comme un rêve.

— Euh... Papa, fit timidement Lili.

— Oui, ma princesse ?

— Sans vouloir te vexer, Tana et moi devons parler à Blanc-Blanc.

— Tu ne me vexes pas, assura John. Allez-y ! »

Sous les regards amusés autant qu'intrigués des adultes, les enfants et l'adolescent se mirent à l'écart et commencèrent leur conversation.

Respectueux, les quatre parents ne tendirent pas l'oreille et regardèrent dans une autre direction.

Moétia et Bob avaient accepté de ne rien savoir du mystérieux passé de leur fils.

Quant à Aline et John, ils n'avaient pas cherché à découvrir ce que Lili et Tana avaient réellement fait pendant tous ces jours.

Tous les quatre savaient que leurs enfants avaient quelque chose à faire, quelque chose de bien. Ils ne savaient pas exactement quoi : c'était leur secret.

« Mon père va m'acheter un téléphone portable, fit observer Blanc-Blanc. Vous m'appellerez à chaque fois que vous aurez des informations, et je les transmettrai à la tribu.

— Très bien, le portable ! reconnut Lili. Avec cela, tu pourras aussi nous transmettre tout ce que ceux du village auront à nous dire.

— Ne vous inquiétez pas ! dit Blanc-Blanc. Je serai un intermédiaire de toute première classe.

— Tes parents sont cool, souligna Tana. Par contre, fais attention à l'adjudant Mariani : lui, il va essayer d'en savoir plus, c'est sûr.

— Je ferai comme vous deux, termina Blanc-Blanc en retournant lentement vers les parents. Je jouerai l'amnésique... »

Le cœur serré, Bob, Moétia et leur fils retrouvé suivirent les Koki du regard jusqu'à ce qu'ils fussent à bord du catamaran.

« Ah mais voilà nos aventuriers ! s'exclama Maté en faisant irruption sur le pont. Ia orana, cousine ! Aloha, John ! Coucou, les petits ! »

Aline et ses enfants l'embrassèrent avec plaisir.

John avait oublié l'étouffante étreinte du cousin. Il allait devoir la subir à son tour.

« Merci du fond du cœur ! dit-il en optant in extremis pour une vigoureuse poignée de main. Tu as gardé le bateau bien plus longtemps que prévu. C'est très chic.

— Je n'ai pas eu à me plaindre, reconnut Maté. C'est vrai : ce rafiot est plus confortable que mon faré, et en plus, tu as rempli deux fois le réfrigérateur. »

Il regarda sa montre.

« Oh, mais il faut que j'y aille, moi. On m'attend à midi pour un super tamaraa. »

Il rejoignit la plage et salua poliment les Sleg.

« À propos, indiqua-t-il en faisant porter sa voix vers le catamaran. J'ai laissé un yaourt dans le frigo.

— Merci, cousin ! grimaça Aline. Quelle générosité ! »

Entre-temps, John avait déjà levé l'ancre. Comme toujours, Aline alla l'aider à hisser les voiles. Installés à l'arrière du bateau, avec un sentiment de tristesse mêlé d'excitation, Lili et Tana firent des signes aux Sleg et à Maté jusqu'à ce qu'ils fussent hors de vue.

« Eh, vous deux ! les interpella leur mère, qui s'était approchée en silence.

— Les devoirs en retard ? anticipa Lili en hochant la tête.

— On ne peut rien te cacher, dit Aline. Allez, ouste ! poursuivit-elle en pointant l'index vers leur cabine. À vos ordinateurs ! »

Sans discuter, Lili et Tana quittèrent le pont d'un pas soutenu.

Dans leur cabine, Lili posa le lézard sur son lit.

« Aaaaaah ! hurla Tana en se retrouvant nez à nez avec le reptile.

— Alors, Komodo, dit Lili sur un ton railleur, on fait peur au grand guerrier maori ?

— Tss ! fit Tana, vexé. Après tout ce qu'on a vécu, tu crois qu'un pauvre petit gecko de rien du tout peut m'effrayer ?

— Bien sûr ! Ce matin, chez les Sleg, je t'ai même vu sursauter devant une minuscule araignée. »

Tana haussa les épaules.

« Eh oui, l'aventure est finie. Le vrai Tana a repris sa place, persifla Lili.

— Toi, par contre, tu m'as l'air déjà prête à te lancer tête baissée dans les pires bêtises.

— Je ne fais pas de bêtises, cher ami, je cherche à m'instruire », souligna Lili sur un ton suffisant.

Tana chatouilla le ventre du petit lézard.

« Pourquoi l'as-tu appelé Komodo ? demanda-t-il, l'air taquin.

— C'est en hommage aux dragons de Komodo. Ce sont des varans… Les plus gros lézards du monde… Certains d'entre eux font plus de trois mètres.

— À mon avis, tu devrais l'appeler autrement, conseilla Tana en détaillant l'animal à peine plus grand qu'une main.

— Tu as raison, soupira Lili. Komodo va faire rire tout le monde. Je vais plutôt l'appeler Komo. Okay ?

— Très bien, Komo ! Ça lui v… »

Il s'interrompit, l'air attendri. Komo s'était assoupi comme un bébé. Tout aussi touchée, Lili borda l'animal avec un pan de sa couverture. Sur la pointe des pieds pour ne pas le réveiller, les deux enfants allèrent s'asseoir et allumèrent leurs ordinateurs.

Peu concentrés l'un et l'autre, ils n'arrivaient pas à se plonger dans le travail.

« Depuis quand sais-tu que Blanc-Blanc est le fils de Bob ? demanda Lili sur un ton de reproche.

— Depuis qu'on a commencé à s'entraîner ensemble. Quand je l'ai vu les cheveux attachés, leur ressemblance m'a frappé. Mais bon, je ne voulais pas te parler d'une chose dont je n'étais pas vraiment sûr. »

Lili soupira et tapota machinalement les touches de son clavier.

« Je n'arrive pas à croire à ce qu'on a vécu, confia-t-elle, l'air ébahi.

— Moi non plus ! Tu es satisfaite, au moins ? Toi qui cherchais l'aventure…

— Plus que ça ! Je n'ai jamais rien vécu de tel. Non contents d'avoir trouvé les anguilles à oreilles, nous avons percé le secret ancestral du lac Vaihiria.

— Toute une tribu vivant cachée à l'écart du monde moderne. Une tribu qui espère retrouver un paradis… grâce à nous…

— Tu… tu crois qu'on vivra quelque chose d'aussi fort à Hawaï ?

— Les choses sérieuses commenceront dès que le premier objet se manifestera, fit observer Tana tout en pianotant sur son clavier. Je pense, en effet, que nous aurons encore notre lot d'émotions. »

Lili appuya sur le bouton gauche de la souris et fit apparaître un fichier de circonstance : l'archipel hawaïen. Elle redoutait autant qu'elle rêvait de sentir la présence du premier objet. De toute manière, même si ce dernier omettait de se manifester, Oahu, Maui et les autres îles regorgeaient de lieux et d'animaux étranges. D'ailleurs, ce qui apparut soudain sur l'écran la fit tressaillir de joie.

Lili tenait sa nouvelle aventure.

FIN

À paraître en mai 2003 :

Les Dieux maudits

Tome II de l'*Odyssée Polynésienne*

TABLE DES MATIÈRES

L'auteur

Éric SANSA est né à Paris, mais a vécu plusieurs années en Polynésie. Il a exercé de nombreux métiers avant de se consacrer à l'écriture. L'idée de l'*Odyssée Polynésienne* est issue de ses souvenirs de Tahiti et d'un goût immodéré pour le fantastique

L'Illustrateur

Voilà bientôt 30 ans que **Philippe CAZA** réalise, avec bonheur, des illustrations de S-F pour les grands et les petits. Il explore aussi son propre imaginaire, à travers les nombreuses BD dont il est l'auteur et a assuré la mise en images du film d'animation *Gandahar* d'après un roman de Jean-Pierre Andrevon.

Grand Format déjà paru :

Halloween, le Club des Monstres
d'Audrey Françaix

Les Éditions DEGLIAME, c'est aussi
la collection du **Cadran bleu** :

■ **LÉGENDE** ■

série : « les Aventures d'Alaet »
de Laurent Genefort

— ***La Citadelle des Dragons***
— ***Le Démon-Miroir***
— ***Le Labyrinthe sans Retour***
— ***La Frontière Magique***
— ***Le Piège aux Sorciers***

série « les Aventuriers de l'Irréel »
de Pierre Grimbert

— ***Prisonniers d'Harmonia***
— ***La Formule Rouge***
— ***La Voie du Voleur***

série « Les Frontières de Féerie »
d'Audrey Françaix

— ***Le Cercle des Elfes***
— ***Les Fées de Marbre***
— ***Le Tribunal des Follets***

Où sont passés les Éléphants ?
de Jean-Pierre Andrevon

■ **FANTASTIQUE** ■

La Villa qui Hurle
de Gudule

Les Enfants de la Pleine Lune
de Stéphanie Benson

La Malédiction d'Halloween
de Chritophe Lambert

Le Château sanguinaire
d'Alain Venisse

série : « Le Trio de l'Étrange »
de Francis Valéry
– ***Le Mystère du Manoir Millard***
– ***Le Mystère Rosenberg***
– ***Le Pays sous l'Horizon***

Le Lac des Grimaces
de Jean-Pierre Hubert

L'Adolescent de Minuit
de Gudule

Le Signe du Serpent
de Gérard Lenne

■ SCIENCE-FICTION ■

Le Visiteur de l'Anti-Monde
de Jean-Pierre Andrevon

série : « Antarès, agent spatio-temporel »
de Christophe Lambert et Bishop
– ***Les Pétrifiés d'Altaïr***
– ***L'Œil de cristal***
– ***Les Voleurs de Temps***

série : « Les Enfants-Étoiles »
de Danielle Martinigol et Alain Grousset
– ***Les Éclateurs de Planètes***
– ***La Guerre des Dauphins***

Le Voyageur perdu
de Jean-Marc Ligny

■ LES CONQUÉRANTS DE L'IMPOSSIBLE ■
de Phillippe Ébly

– ***L'Éclair qui effaçait tout***
– ***La Voûte Invisible***

Achevé d'imprimer en octobre 2002
par Sagim-Canale (Courtry)
Dépôt légal : novembre 2002
Loi n°49956 du 16 juillet 1949
sur les publications destinées à la jeunesse
N° d'Éditeur : 2-914088
N° d'imprimeur : 6163